孙孟强 ◎ 著

水浒的真相

华夏出版社
HUAXIA PUBLISHING HOUSE

序

《水浒》与《西游记》《三国演义》《红楼梦》并称我国古代四大文学名著,是传播最为广泛的文学作品之一。

千百年来,凭借戏剧、评书等多种艺术形式的传承,使得《水浒》的故事早已深入人心。当然,这些艺术形式当中也包括近年的影视作品。

由此,宋江的忠义、武松的勇猛、林冲的隐忍、李逵的一反到底的革命精神……都被人们津津乐道。

但事实上,这些结论都与真正的《水浒》相去甚远。

可以说,这全都是我们不读或误读《水浒》的结果。

如果我们仔仔细细地读一读《水浒》就会发现,里面的故事可能与我们日常的理解截然不同,或者说是有天壤之别。

真正的《水浒》,既没有什么忠义,也谈不上革命,完全是一本描写黑社会的"黑"书。

《水浒》中充斥了大量的暴力、凶杀和色情的内容,无怪乎人们说"少不读水浒"。

而且，整部《水浒》中权力斗争贯穿始终。从为人上看，宋江并不忠义，而是一个玩弄权术的高手；武松勇猛的背后隐藏着酒精诱发的人格分裂；李逵是一个十恶不赦的恶棍，而且还与宋江有着断袖之情……

今天，我就带大家还原一个真实的《水浒》，将对大家耳熟能详的故事逐个分析，相信大家也会得出和我一样的结论的。

目 录

装病的王进——兼谈上下级间信息沟通的不畅 / 1
完全不同的"拳打镇关西"——告诉你一个真实的鲁提辖与金翠莲 / 8
梁山好汉中最令人惋惜的人物——不忠不义的林冲 / 17
杨志劫了生辰纲——揭秘"智劫生辰纲"的幕后故事 / 25
北京斗武的深层次分析——大名府里的派系之争 / 35
钱是惹祸根苗——宋江为什么不收晁盖的金子？/ 45
宋江的"坎坷"梁山路——宋江为何多次执意不肯上梁山 / 49
"一把手"面临的挑战——水泊梁山中从未停止的明争暗斗 / 58
艰辛的历程——宋江是如何当上"一把手"的？/ 63
戴宗为何不救宋江？——兼谈戴宗与宋江的关系 / 71
劫法场中的怪事——江州法场到底是真劫还是假劫？/ 77
梁山的庇护女神——怎样理解"九天玄女"与神授天书？/ 83
梁山为什么不收留时迁？——权力斗争的白热化 / 88
打完官军灭江湖——宋江是如何平灭三山的？/ 94
熟悉的陌生人（一）——告诉你一个真实的李逵 / 100
熟悉的陌生人（二）——李逵的伎俩 / 106
熟悉的陌生人（三）——李逵才是害死母亲的凶手 / 111
熟悉的陌生人（四）——李逵的母亲究竟是个什么样的人？/ 120

水泊梁山中的同性恋——宋江与李逵的断袖之情 / 125

祸起萧墙——详解武松与哥嫂家庭悲剧的密切关系 / 136

都是酒精惹的祸——酒精诱发的精神障碍患者武松 / 143

施恩的寡恩——醉打"蒋门神"的内幕 / 147

被隐去的幕后故事——"杨雄杀妻"的真相 / 153

从贵族到悍匪——柴进是怎样上的梁山？ / 161

梁山的宿命——宋江为什么要投降 / 166

堡垒是如何从内部崩溃的——李应是祝家庄覆灭的始作俑者 / 173

破解一个千古之谜——栾廷玉的去向问题 / 181

将星闪耀——梁山好汉排名中的玄机 / 187

卢员外的志向——卢俊义是否真的弱智？ / 193

王伦与吴用——《水浒》中的两大知识分子 / 199

对立面里的好人——梁中书的为人与处事 / 203

血色水泊——梁山好汉制造的九大血腥案件 / 208

江湖险恶——水泊梁山七大恶谋毒计 / 216

情色江湖——情色在《水浒》中的地位 / 221

吃了被告吃原告——《水浒》中的司法腐败 / 226

鸽派与鹰派——朝廷里两条路线的斗争 / 232

没有农民的农民起义——一部和农民起义无关的书 / 238

梁山割据的成因——从《水浒》看社会动乱的根源 / 242

装病的王进
——兼谈上下级间信息沟通的不畅

王进是《水浒》中第一个出场的"好汉"。

王进的出场,串连起了其他"好汉"的故事,可以说王进在整部《水浒》中是作为一个楔子和铺垫存在的。因为王进出走延安府,路上才结识了九纹龙史进,随后引出了史大郎夜走华阴县和鲁提辖拳打镇关西,整部《水浒》故事便由此展开。

既然《水浒》写的是江湖"好汉"的事情,那么,作者一定要尽量展现出"好汉"们令人同情的一面。

第一个出场的王进也不例外,王进的遭遇可谓"一把辛酸,一把泪"!

王进的遭遇来自高俅。

故事梗概是这样的:

高俅当上太尉后,第一天点名,王进未到。原因是王进半个月前就生病在家歇病假,并且手续合规,叫做有"病状在官"。

但高俅认为王进装病,怠慢工作,便命人到王进家中带王进入殿帅府。

王进来到殿帅府后,高俅上来就骂王进装病。

2 水浒的真相

王进辩解自己的确患病在身。

高俅反唇相讥,说:"你既害病,如何来得?"

随即吩咐左右,要打王进。

众将求情,才算告免。

事情过后,王进越想越害怕,因为父亲王升年轻时曾经在一次比武中一棒把高俅打翻,导致高俅三四个月起不来床。

王进怀疑高俅将要官报私仇,加害自己。

回到家后,王进在与母亲商议,决定"三十六计,走为上"。

第二天一早,王进便擅自脱离禁军,和母亲一起一路西行,去延安府投奔老种经略,一个月后来到史进庄上。

这段故事被称为"王教头私走延安府"。

但凡知道这个故事的人都会同情王进,痛恨高俅,认为正是高俅一伙贪官污吏才把众"好汉"们逼上了梁山。

但事实上,王进的真实情况可能与我们原来的理解有很大出入。

为什么这么说呢?

我们大家在读《水浒》的时候,其实最容易犯的一个错误,就是"先入为主"。

就拿高俅来说吧,我们刚一接触他,就知道他与蔡京、童贯、杨戬合称"四贼"。

既然高俅已经戴上了"四贼"的帽子,那么他所干的事情一定都是坏事,而与他们做斗争的所谓梁山好汉,做的自然就都是好事了。

当我们一旦戴上了这种有色眼镜,很多的是非曲直也就在不知不觉中改变了。

事实上，在王进与高俅的矛盾中，可能真正有问题的不是高俅，而恰恰是被读者同情的王进。

一、王进到底是真病还是假病？

在要想弄清王进与高俅之间的是是非非，我们必须先搞清楚王进到底是真病还是装病。

如果王进是真病，那么高俅就是一个十恶不赦的恶棍，但如果王进是装病，或者是小病大养，那么高俅不但不是一个坏人，而是一个有丰富经验、明察秋毫的优秀管理者。

我们从表面上看，王进好像是真病，因为王进的病假手续齐全。而实质上，王进的情况更像是装病或者是小病大养。

因为如果王进真的有病，无论太尉怎样派人去请、去叫，也不可能自己来到殿帅府的，除非高俅派人把王进抬来。

退一步讲，假设事情真像王进自己说的那样，因为太尉派人来了，自己有病也得坚持上殿，强挨着来见高俅，那么后面的事情就说不过去了。

因为第二天一早，王进就挑着担与母亲离开了东京，并且一走就是一个月。如果王进真的有病的话，估计早就给累趴下了。

所以我们说事实正如高俅所言，王进的确是装病。

从这点上看，我们不得不佩服高俅。

高俅早年浪迹于市井之间，欺下瞒上的事估计也没少干，因此高太尉接地气、知下情，估计早就知道禁军存在装病在家和小病大养的问题，所以一上来就把一个在家泡病号的王进给揪了出来。

高俅的高明不仅仅是揪出了王进，而且在对王进的处理上还是蛮有分寸的。

高俅只是骂了王进几句，同时点中了王进的要害，说"你既害病，如何来得"。

后来虽说要责打王进，因众将求情，才免于责罚。

事实上，王进没有挨打并不是由于众将求情，而是因为高俅根本就没有想打王进的意思。大家试想，如果高太尉真的要打王进，众将再怎么求情也是拦不住的。

二、究竟怎样看待王进与高俅的矛盾

在王进看来，自己与高俅的矛盾简直无法调和，认为这是上一代人留下的问题。感觉高俅在以后的日子里一定会置自己于死地，所以长叹道："我的性命今番难保了。"

因此敢于违反军纪，并且放弃自己正式工作，丢掉几十年的"工龄"和待遇，开了小差儿，私走延安府。

那么，王进与高俅之间的矛盾真的像王进所认为的是不可调和的吗？

在我看来，王进与高俅是有矛盾，但远没有王进估计的那么严重。

如果我们把高俅与王进的矛盾放到高俅履新的大背景下来考察，那么高俅的所作所为基本上没有什么出格的地方。

我们回放一下当时的场景吧！

当时，高俅刚刚当上太尉。第一天上任，高太尉点点名、查查考勤都是极正当的事。

在点名的过程中，忽然发现一个生病在家，有日子不来上班的王进，当领导的能不问问吗？

一问还真出了碴子，生病的王进竟然一叫就来。

你王进明明不是在养病吗？怎么能一叫就来了？

换了任何人都会对王进这样的"棒槌"大骂一通的。同时，"新官上任三把火"，高俅也正苦于在禁军的日常管理中没有抓手。

这下好了，王进送上门来，不抓王进一个反面典型，是没法在禁军中树立自己的威信的。

高俅表面上责罚的是王进，但实际上并不是冲着王进去的，而是做给众将看的。

高俅无非是想告诉大家，你们全都要给我警醒着点，必须令行禁止，决不能消极怠工。

三、王进有必要非出走延安府不可吗？

通过我们上面的分析，可以得出这样的结论：王进之所以逃走主要是因为没理解高俅的真实意图。至于王进父亲当年打过高俅的那一棒，反倒不是问题的核心。

毕竟，比武的过程中出现些伤害是正常现象，这点我们相信官居"国防部长"的高俅是能够正确认识的。

并且，时过境迁，王升已经作古，从高俅所处的地位上讲也不会因为上辈人之间的一些小的过节，将其带到下辈人身上来。

因此在整个事情没有完全弄清前，王升是没有必要开小差儿逃往延安府的。

在整个事情过程中，最关键的问题是：王进对高俅有过度防卫的倾向。

造成王进防卫过当的主要原因不在于什么具体的矛盾和过节，而在于官吏间上下级信息沟通。

由于下级官吏在官僚体系中处于明显的弱势地位，有时候会出于本能地将上级的批评理解成对自己的敌视，而把他当作敌人看待。

历史学家希罗多德说过这样一句话："你如果把一个人当成敌人，那么他就真的会成为你的敌人。"

从行为学的角度考虑，一旦你把对方当成了敌人，就会在行为中不自觉地表露出来，最终成为激化矛盾的导火索。

这大约就是王进的故事给我们今天职场人最大的启示吧！

完全不同的"拳打镇关西"
——告诉你一个真实的鲁提辖与金翠莲

说完了王进的故事,后面就是史进的故事。整个一章叫做"王教头私走延安府,九纹龙大闹史家村"。

史进是《水浒》中第一个出场的梁山人物,但史进不过是一个龙套式的人物,通过史进真正引出的"好汉"是鲁达。

鲁达的出场是和那场全中国人民都家喻户晓的斗殴——拳打"镇关西"分不开的。

"鲁提辖拳打镇关西",曾经入选过中学课本,我小的时候就学过。直到几年前,鲁提辖的这段英雄事迹才从课本中隐去,原因据说是鲁达拳打镇关西的场面过于血腥、暴力。但是有了课本上二十多年的存在,鲁达的故事想必也影响了几代人。

应该说"鲁提辖拳打镇关西"的故事从表面上看,是《水浒》中难得的"干净"段子,文中虽然有些暴力内容,但故事的主旨还是不错的,至少从表现上看是一起典型的"见义勇为"的事件。

故事的内容大家耳熟能详,说的是鲁达如何从恶霸郑屠"镇关西"手中解救卖唱女金翠莲的事。

故事梗概是:

史进、李忠路遇渭州经略府提辖鲁达,三人到酒楼吃酒。在酒楼上听到一阵阵哭泣声。鲁达将其唤来,原来是一对卖唱父女——金老和女儿金翠莲。

鲁达问他们为何哭泣,父女把事情的经过一一道来。

金氏父女投亲不着,流落关西,被当地绰号镇关西的屠户买回做妾。但是"虚钱实契",三千贯的卖身钱并未支付。三个月后,金氏被赶出家门,郑屠反倒要其偿还三千贯的典身钱。父女两人无奈,在酒楼上卖唱,每天挣钱偿还郑屠。

鲁达听后义愤填膺,一面掩护金氏父女出城,一面找郑屠论理,言语中发生冲突,三拳打死了郑屠,鲁达被迫亡命天涯。

但事实上这个段子并不干净,鲁达"见义勇为"的对象、方式及"见义勇为"后面的故事可能都是值得商榷的。

一、告诉你一个真实的"镇关西"

有句话,叫"名不正则言不顺",镇关西坏就坏在自己的这个绰号上了。

人们一听这个名字,第一印象就是一个恶霸,与之类似的还有什么"南霸天"、"静街虎"等。

但事实上,镇关西的确不是恶霸,而只是个卖肉的个体工商户罢了。

第一,我们如果说镇关西如果是个恶霸,那么,长期在渭州经略府工作的鲁达应该是有所耳闻的,但是直到鲁达听了金氏父女的诉说,才知道镇关西原来是状元桥下卖肉的郑屠。

第二,当鲁达与郑屠打斗的时候,郑屠手下的十几个伙计也并未出

手相助。如果郑屠是黑恶势力的话,那么郑家的这些做派完全不符合黑社会的行为规矩。

众邻舍并十来个火家,哪个敢向前来劝;两边过路的人都立住了脚;和那店小二也惊得呆了。

正常情况来讲,黑恶势力是决不允许一个赤手空拳的人把自家老大掀翻在地的,十几个伙计早就该按住鲁达一顿痛打了。

第三,郑屠被打死后,也没有引起什么群众反响。

遥想当年杨志在东京因为卖刀打死牛二后,那是何等局面,沿街百姓因为杨志杀死一个恶霸而欣喜万分。

杨志自首以后,众人还为杨志敛凑银两,提供饭食,上下打点。与之相比,郑屠死后,似乎没有一个人欢呼雀跃的。

所以我们说,郑屠一出场,就已经被"镇关西"三个字脸谱化了,无论他遇到什么事,肯定都要理屈三分的。

二、再告诉你一个真实的卖唱女

"鲁提辖拳打镇关西"的故事里,除了有鲁达、郑屠外,还有另一个重要的人物——金翠莲。

金翠莲不但是整个故事矛盾的核心,而且金翠莲的出现,还为《水浒》这个男人世界,增添了一笔女性的亮丽与光艳。

那么金翠莲到底是个什么人呢?

从表面上看,金翠莲是个卖唱的歌女,先是被郑屠强媒硬保,给郑屠当妾,后来又被逐出家门,还要被迫偿还三千贯郑屠不曾支付给她的卖身钱。

如果实际情况真的像金翠莲所言那样，那么金翠莲的确是值得同情的。当时，鲁达也是因为单方面听取了金翠莲的一面之词而义愤填膺的。

但事实真相可能与金翠莲的诉说大相径庭。

我们如果单看"鲁提辖拳打镇关西"这一回可能看不出什么来，而将金翠莲的故事放到《水浒》的大背景下，就会发现，金翠莲的身份绝不是一个寻亲不着、流落街头的卖唱女，而是一个"职业二奶"。

因为像金翠莲这样的人，《水浒》中还有许多，比如被宋江杀掉的阎婆惜，被雷横打死的白秀英。这些人都是"职业二奶"，说白了就是傍大款，被人养作外室的。

就拿金翠莲来说吧，先是在渭州给郑屠做妾，在鲁达帮助下逃离渭州后，没几天就当了雁门县的赵员外的小老婆。

作者虽然没有直接点破金翠莲的真实身份，但当我们读到后面阎婆惜和白秀英的章节后，自然就会知道金翠莲是干什么的了。

三、郑屠与金翠莲的真实矛盾

既然金翠莲是职业二奶，那么，郑屠与金翠莲的关系可能要与我们原来理解的情况有很大出入。

在我们现在看来，金翠莲并不怨恨郑屠，怨恨的反倒是郑屠的大老婆。

金翠莲是这样说的：

他家大娘子好生厉害，将奴赶打出来，不容完聚。

在金翠莲看来，迫害他的根本就不是郑屠，而是郑屠的妻子。

从这个角度看，郑、金二人之间的矛盾完全是一个家庭内部矛盾。

至于"虚钱实契"，郑家分文未付，反倒要金家偿还三千贯钱的事情，或许本身并不存在。原因有以下几点：

第一，如果郑屠真的如此恶毒，金家父女完全可以与其对簿公堂的。先不说三千贯是虚钱实契还是实钱实契，仅就郑家将金翠莲逐出家门，单方面撕毁卖身合同而言，郑家根本没有理由要求金氏还钱。

第二，金氏父女巧舌如簧，具有足够的颠倒黑白的能力。

为什么这么说呢？我举个例子吧：当鲁达在雁门县第二次邂逅金氏时，金老说：

前日老汉初到这里，写个红纸牌儿，旦夕一炷香，子父两个兀自拜哩。

鲁达当时又没有见到红纸条和金老上的香，这话一听就是假的。鲁达却还得应承着："却也难得你这片心。"

那么，郑屠与金翠莲之间到底发生了什么呢？

事情的来龙去脉极有可能是这样的：

郑屠在渭州开立一家肉铺，肉质新鲜，态度和气，公平买卖，童叟无欺，因此生意逐渐做大，几年间已养了十几个伙计，开了几家分店。

郑记铺虽然生意兴隆，但郑老板也有烦心之事：年已三旬，仍然膝下无子。

所以郑老板动了纳妾的念头，托人保媒，迎娶了金翠莲。

但金翠莲过门后三个月仍未怀孕，郑屠妻子觉得金氏无用，遂将其逐出家门。

郑老板没有办法，只好将金氏父女暂时安置在客栈里，假以时日，另做良谋。

但金氏父女急不可待，欲寻求办法摆脱郑家。

不期遇见鲁达，金家父女将部分事实按照利于自己的方向加以发挥和演义，最终将家庭矛盾引向社会，导致鲁达杀死郑屠。

四、鲁达与金翠莲的关系

前面我们说了金翠莲与郑屠的关系，那么金翠莲与鲁达是什么关系呢？

按照传统观点，鲁达与金翠莲的关系顶多是个英雄救美的关系。

但事实上鲁达与金翠莲的关系绝不仅限于此，两人不但一见钟情，而且可能还曾有过床笫之欢。

为什么这么说呢？

事实上，鲁达搭救金翠莲绝非单纯道义上的原因，主要是因为鲁达喜欢金翠莲。

如果鲁达不喜欢金氏，而仅仅想帮她一把的话，鲁达完全可以凭借自己经略府提辖的身份，与郑屠协商解决，可鲁辖却非要用武力来解决，其目的无非是想向金氏展示一下肌肉，赢得金氏的好感。

当然金氏也喜欢鲁达，不然不会无缘无故请鲁达来搭救自己，并按照鲁达的安排出逃。

那么鲁达与金翠莲的床笫之欢是怎么回事呢？

这件事，书上没有明说，但可能确有其事。这件隐藏在《水浒》第四回"赵员外重修文殊院，鲁智深大闹五台山"里。

这段故事是说鲁达打死镇关西后，一路东行，走到雁门县，正在城门口观看捉拿自己的告示时,被自己搭救的金老一把抱住。

这时金翠莲已经在雁门县给一个赵姓员外当了外室。

金老便把鲁达领进家来。

鲁达在赵员外家躲藏了数日后,赵员外提出让鲁达去五台山当和尚。

从此,鲁达出家,法号智深,因为有一身刺青,号称"花和尚"鲁智深。

接下来我们需要注意了,书中写道鲁达已经在五台山后,有个卖酒的人唱着山歌走进山来。

歌中唱了四句话:

九里山前作战场,牧童拾得旧刀枪。顺风吹动乌江水,好似虞姬别霸王。

凡是《水浒》里的诗词与山歌,全都与故事的内容是紧密相连的,唯独这首诗让人百思不得其解。

一个卖酒的唱点什么不好呀?完全可以夸一夸自己的酒好,唱一唱山景,或者表达一下自己悠然自得的乡间生活,但是这个卖酒的人却唱了一些不相干的话。

如果我们把这四句诗,放在鲁达离开赵员外家上五台山的大背景下去理解,这个问题就迎刃而解了。

"九里山前作战场",实际上说的是鲁达与金翠莲的床笫之欢。

"牧童拾得旧刀枪",说的是两个人私通的一些证据被赵员外家的家童掌握了。

"顺风吹动乌江水,好似虞姬别霸王",最后两句说的是鲁达在上五台山之前,与金翠莲温存了一夜。

如果这种解释能够成立的话，我们也可以很好地理解为什么赵员外不留鲁达在家，而非要将其送到五台山当和尚去了。

按道理讲，鲁达搭救过金氏父女，赵员外完全有理由，也有能力将鲁达安置在家中。民不举，官不究，日子长了，鲁达的人命官司也就无人提及了，这应该是帮助鲁达最简单、最直接的办法。

可赵员外却一门心思想把媳妇的恩人送上五台山。当行者带发修行还不行，还非要剃度受戒。

其目的无非是想利用佛教的清规戒律约束鲁达与金翠莲的关系。

后来，当鲁达两次大闹五台山后，赵员外知道宗教的力量也无法束缚鲁达，所以只好与住持合谋，将鲁达送去了东京大相国寺。

从此鲁达与金翠莲的关系也就画上了句号。

梁山好汉中最令人惋惜的人物
——不忠不义的林冲

按照《水浒》里的出场顺序，我们说完鲁达，就该讲林冲了。

整个事情的经过是：

鲁智深远走东京大相国寺，不期遇见来寺里进香的八十万禁军教头林冲。

林冲的媳妇林娘子在进香时，遭到高俅养子高衙内的调戏，林冲隐忍未发。

高衙内为了得到林娘子，与其义父高俅合谋，制造了"林冲持械擅闯白虎堂"的冤案，林冲被发配沧州。

高俅父子为了置林冲于死地，派虞侯陆谦放火烧了林冲看管的草料场，嫁祸林冲。

阴谋被林冲发现后，杀死陆谦，投奔梁山。

林冲被逼上梁山后，梁山原头领王伦不愿收留林冲，让林冲三日内杀一个人，立下"投名状"才能上山。

林冲苦等三天，遇到青面兽杨志，与之大战，不分高下，王伦勉强同意林冲入伙。

以后，晁盖、吴用智劫生辰纲案发后，被迫上梁山，王伦仍不愿收

留晁盖一行，林冲不满，一刀杀死王伦。

在传统观点里，《水浒》人物中最值得同情的人似乎就是林冲。

林冲一身本领，上梁山之前身为八十万禁军教头，并且林冲的教头绝非浪得虚名，在水泊梁山历次反官府斗争以及后来的征辽国、平方腊中几乎鲜有败绩，人称"马上林冲，步下武松"。

林冲不但本事大，而且在上梁山前过着幸福平和的生活。

妻子张氏漂亮贤惠，家庭和睦，岳父张教头也在军中任职。

如不出意外，凭借林冲的本领，加上岳父的人脉关系，假以时日，弄个封妻荫子的结局应该是没有问题的。

但是就因为高衙内看上了林冲的妻子，便与高俅合谋设计，将林冲批捕、判刑，发配沧州。

高衙内为了达到自己的目的，还几次派人杀害林冲，如果不是天佑英雄，林冲恐怕早就死无葬身之地了。

一出"林教头风雪山神庙"就足以打动读者和观众。从此，"逼上梁山"几乎成了官逼民反的代名词。

但林冲的不幸并未就此为止，江湖也是社会，当林冲怀揣柴大官人的推荐信打算到梁山入伙的时候，还受到白衣秀士王伦的无端刁难，非让林冲到山下杀个人，立个"投名状"，好不容易允许林冲入伙，还并不重用林冲，最后一气之下林冲杀了王伦。

我们观察事物是不能仅看表面现象的，透过现象看本质才是真功夫。

当我们仔细研究了《水浒》之后，就会发现，林冲并不是什么英雄好汉，而不过是个不忠不义的势利小人罢了。

中国人有句老话，叫"可怜之人必有可恨之处"。

遥想林冲当年，在东京大相国寺，路遇高衙内调戏自己妻子，如果一拳打将上去，事情的结果恐怕会大不一样。

可是当林冲发现调戏自己妻子的是自己的高长官高俅的干儿子高衙内时，看他是怎么表现的：

当时林冲扳将过来，却认得是本管高衙内，先自软了。

高衙内说道："林冲，干你甚事，你来多管？"

原来高衙内不晓得他是林冲的娘子；若还晓得时，也没这场事。

见林冲不动手，他发这话。

众多闲汉见斗，一齐拢来劝道："教头休怪。衙内不认得，多有冲撞。"

林冲怒气未消，一双眼睛着瞅那高衙内。

众闲汉劝了林冲，和哄高衙内出庙上马去了。

从这段话中我们可以看出，当林冲发现是高衙内时一句话都没有说过。

林冲一句话都没说的原因就是因为惧怕太尉高俅的势力，说白了就是担心与高俅处不好关系，而影响了自己的仕途。

对于高衙内来说，调戏了林娘子，林冲连个屁都不敢放，不欺负像林冲这样的人还欺负谁呀？

可以说，林冲的第一次对待高衙内的态度直接决定了后来事情的发展方向。

接着，我们再说林冲和陆谦的关系。

陆谦陆虞侯是个大坏蛋，为了高衙内不惜出卖朋友。不但帮助高衙内想办法欺负林冲妻子，还设计并亲自出面陷害林冲。

但我们如果换个角度看，可能真正的问题是出在林冲身上。

陆谦是什么样的人，时间长了林冲能不了解吗？但林冲却非和这样的人交朋友，不是昏了头了吗？

事实上，林冲并没有昏头。

解释林冲与陆谦的关系，还要从"势利"两个字入手。

我们知道林冲只是八十万禁军中的一个教头，属于下级军官，充其量也就相当于今天部队里一个连长。

但虞侯就不一样了，虞侯的官职虽然不高，但性质特殊。基本上属于秘书、管家之类的人员，是领导周围的亲信。

从《水浒》上看，陆虞侯大约是高太尉家里的家丁头。

攀上了高太尉的管家，自己升职的机会就会大大增加，所以林、陆两个人成了朋友。

但事实上，对于陆谦来说，人家根本就没有把你林冲当朋友，因为陆谦也是一个同样势利的人。

放着高衙内和高太尉不巴结，不是缺心眼吗？哪有空和你林冲谈情谊？所以陆谦为了高衙内和高太尉出卖林冲则是一件很正常、很正常的事了。

从这件事上看，林冲不是吃了陆谦的亏，而是吃了自己势利的亏了。

林冲接下来的噩运大家想必已经熟知：

高衙内为了得到林娘子，要求义父高俅陷害林冲，以林冲持械闯入白虎堂行刺为由，将其治罪。幸得开封府孔目孙定相助，保全了性命，被发配沧州牢城营。

但高太尉加害林冲的行动并未停止，先是收买押送林冲的两名解差——董超、薛霸，企图路上杀死林冲，因为鲁智深的保护，行动未能得逞。

高太尉一计不成又生一计，不久就命陆谦到沧州牢城营内放火烧了林冲负责看管的草料场，想烧死或嫁祸林冲，林冲被迫上梁山落草。

按道理说，林冲在主流社会中吃了这么大的亏，是应该静下心来反思反思的，但不幸的是，林冲并没有在自己做人方面有所总结，或许应了那句话"江山易改，禀性难移"。

林冲到了梁山后，势利小人的做派又原形毕露。

林冲对王伦的态度就是最好的写照。

当时林冲虽然怀揣着柴大官人的举荐信前来投靠，但并不等于王伦非得同意林冲入伙。原因很简单：水泊梁山的场子属于王伦，而不是柴进。柴进虽然过去帮助过王伦，但他在水泊梁山没有半点"股权"。

王伦同意林冲入伙，是情分；王伦不同意，则是本分。

作为王伦来说，我们放着好日子不过，为什么非要收容你一个前八十万禁军教头入伙呢？

有人可能会说，王伦不收留林冲，是见死不救，用句《水浒》中的常用语，叫"坏了义气"，林冲会因为无处容身而遭到官府的捉拿。

但是大家别忘了，鲁智深、杨志、史进、武松，哪个不是被官府通缉，但也没见谁死乞白赖地非上梁山不可。几个人在二龙山、桃花山自立门户，日子过得同样逍遥自在。

所以我们说，王伦在是否收留林冲的问题上的做法是没有什么说不过去的。

相比后来，晁盖对待杨雄、石秀的态度来说，王伦的做法是绝对拿得到桌面上的。

"三打祝家庄"之前，杨雄、石秀来投奔梁山，晁盖不但不收留二人，还要把他们杀了！

并且，最后不管怎样，王伦还是把林冲留了下来。按照事前的约定，林冲在三日之内如果立不下"投名状"是绝不能上山的。

纵观王伦的所作所为，干的完全是雪中送炭的事，林冲理应感激才对。但是后来，林冲却把自己的恩人杀了。

而且，从实质内容上，我们似乎也看不出王伦等人对林冲有何不好。上山之后，王伦还让林冲坐了第四把交椅，进了"领导班子"。

那么，林冲为什么要杀王伦呢？

还是那句话：势利使然！

因为林冲是个不忠不义的势利小人，见谁的势力大，他就会投靠谁。

林冲通过晁盖、吴用"智劫生辰纲"，感受到七人本领高强，估计其在与王伦的冲突中必然占据上风，于是就把仁义道德全部抛于脑后，残忍地杀害了王伦。

林冲用自己恩人的血染红自己的顶子：以后水泊梁山上不管怎样变换旗号，但林冲的座次始终名列前茅。这大约就是人们常说的"一剑封喉"吧！

若干年过去了，真相逐渐被掩盖和隐藏起来。义薄云天的英雄沦落为了势利小人，而真正的势利小人却华丽转身为大英雄，这不能不说是一个天大的玩笑。

按照我的分析，谁是谁非在施老眼中想必十分清楚。所以在写书的时候，将这段故事中的悲情英雄命名为"王伦"。

王伦这两个字应该是两层含义：一是王道的伦理和化身，表明其代表儒家思想的王道和伦理,并送绰号"白衣秀士"。二是同情王伦的不幸遭遇,伦字通"沦",对于一个堂堂江湖景仰的英雄竟然沦为众人唾骂的对象表达了同情。

杨志劫了生辰纲
——揭秘"智劫生辰纲"的幕后故事

前面我们说过，林冲在梁山下为立"投名状"与过路的杨志大战。

由于两人武艺不分上下，苦战多时，不分胜负。王伦看到精彩之处，叫林冲住手，将二人一同请上山寨。

按王伦的本意，是把杨志也留在山上，制约林冲。但杨志不愿当土匪，王伦也不勉强，便送杨志下山。

没想到杨志下山到东京后，杀死泼皮牛二，惹了官司，被充军发配到北京大名府。

再后来，杨志得到大名府负责人梁中书的重用，负责押运向其岳父蔡京的寿礼——生辰纲。

杨志路过黄泥冈时，被晁盖、吴用等八人劫走，这段故事被称为"智劫生辰纲"。

"智劫生辰纲"也是《水浒传》中最精彩的故事之一。故事从梁中书打算进献生辰纲、杨志领命负责押运生辰纲开始作为故事的主线，同时，又以晁盖、吴用等人计划劫取生辰纲为暗线，两条线索相互呼应，通过围绕保护和劫持生辰纲这一中心内容，把整个故事演义得无比精彩。

但故事精彩归精彩，细读起来，我们会发现故事里有一些不解之谜。

一、押运生辰纲中出现的种种不解之谜

不解之一 杨志押运号称价值十万贯的生辰纲,为何不多派些兵力?

我们知道,在杨志押运这次生辰纲的前一年,梁中书曾经丢失过一次生辰纲。

梁中书说:"上年费了十万贯收买金珠宝贝,送上东京去,只因用人不着,半路被贼人劫将去了……"

梁中书为了不被同一块石头绊倒两次,对押运人员和方案的选择煞费苦心。

按照梁中书的计划,由大名府派十辆太平车装生辰纲,再派十个厢禁军,监押车子;每辆车子,还要跟个军健,因此一行至少要三十多人。

如果劫匪试图用蒙汗药作案,将三十多人一起麻翻绝对不是一件容易的事。

可是杨志却放着保险的方式不选,只带十几个人去押运价值十万贯的生辰纲。

不解之二 杨志为什么弃车挑担?

用车运货肯定要比挑担省力,这是一个尽人皆知的事情。

大名府不是没有配车的条件,即便是劫生辰纲的晁盖、吴用也是推着七辆江州车化装成贩枣的商人的。

可杨志却放着省事的事情不做,自我加压,让众军汉挑担前行。一路上,暑热难当,士兵还要负重奋进,因而苦不堪言,内部矛盾随之激化。

不解之三 杨志为什么要化装潜行?

按照梁中书的意见,对生辰纲的押运不但要多派人马,而且"每辆

上各插一把黄旗,上写着'献贺太师生辰纲'"。

梁中书采取官军押运,标明生辰纲的做法其目的是为了增加政府军对土匪的威慑力。梁中书押的是明镖,而杨志却要化装成商人,押运暗镖。

杨志押运暗镖的理由是不引起土匪的注意,但是化装成商人土匪就不注意了吗?

当年杨志雇了个伙计担副担子,在梁山地界还被林冲劫了呢!

土匪绝不会因为杨志一行是商人就放弃对他们的抢劫。

不解之四　杨志为什么非要在酷暑中赶路?

杨志刚刚离开大名府时,还是起早赶路,五更出发,天热时休息。一周之后,由于人烟稀少,杨志则辰时起身,申时便歇。

也就是说早上七八点钟才出发,一直走到下午一两点才休息。

为什么要在一天中最热的时间里赶路呢?

杨志的理由十分牵强,他说怕天黑遇到土匪抢劫,所以要在正午时赶路。

我们看杨志的话有没有道理呢?杨志运送生辰纲的时间是农历5月,也就是公历的6月左右,这个时候是一年中白天最长的季节,河北、山东一带早晨4点钟就天亮,杨志完全可以早起赶路,而根本没有必要很晚出发的。

不解之五　杨志为什么在生辰纲被劫之后,擅自脱逃?

当十万生辰纲被劫,杨志醒来后,所做的第一件事是跑到黄泥冈想跳崖自尽。

杨志说:"如今闪得俺有家难奔,有国难投,待走哪里去?不如就这冈子上寻个死处!"撩衣破步,望着黄泥冈下便跳。

后来仔细一想,杨志又舍不得自己,随即放弃的轻生的念头。回到树林里拿了朴刀,落荒而逃。

按照正常的想法,杨志醒来后,首先应该是解救众人,然后想办法寻找劫匪。或者按车辙追踪,或者向当地政府报告,缉拿案犯。

也许有人会说,杨志有遇事逃跑的行为习惯。当年押运花石纲在黄河里翻船后,杨志也是选择了逃脱。

其实,运送生辰纲出现的问题和运送花石纲出现的问题是有本质区别的,花石纲翻船事故中,杨志的责任更大,就像高俅说的那样:"既是你等十个制使去运花石纲,九个回到京师交纳了,偏你这厮把花石纲失陷了!"

高俅的话是什么意思呢?高俅的意思是说花石纲事件完全是一起责任事故。

而生辰纲问题却和花石纲完全不同,是一次典型的刑事案件,作为押运人的杨志是要承担责任的,但责任的承担要远远小于花石纲事件。甚至在某种意义上讲,只要杨志等人尽职了,大约是可以免责的。

可杨志先自杀后出逃的行为着实令人费解。

二、生辰纲被劫的内幕

从上面的分析,我们可以看出,"智劫生辰纲"的故事绝非表面上理解的那么简单,整个事可能远比我们想象的要复杂得多。

那么生辰纲的背后究竟隐藏着怎样不为人知的故事呢？

在我看来，整个智劫生辰纲实际上是一个北宋版的"无间道"。

试想，在运送生辰纲的过程中，没有得力内应是断然没有办法劫取的。

晁盖、吴用等人不仅需要知晓梁中书进献生辰纲这一事件，更需要知道确切的时间、行走的路线，还有用计的机会。

而故事的主角——杨志，其实就是劫取生辰纲的始作俑者。

而晁盖、吴用等人不过是杨志的同伙而已。

如果我们顺着这个思路考虑，前面我们所说的那些不解之谜都将就此揭开。

不解之处都能找到极其合理的解释。

整个故事的过程大约应该是这个样子的：

首先，杨志为了使同伙能够相对容易地劫得生辰纲，所以故意少带人马。

对梁中书说：

恩相便差一万人去也不济事；这厮们一声听得强人来时，都是先走了的。

结果杨志只带了十四个人就上路了。

杨志为了实施与晁盖、吴用共同定下的下蒙汗药计划，故意加重军汉的劳动强度，将推车改挑担，目的不过是为了减少饮用水的携带，增加大家买酒解渴的几率。

同时，杨志还以防范劫匪为名，强迫大家在烈日下赶路，以进一步增加卖酒下药的胜算。

至于杨志将官军改扮成商人，不是为了防范土匪，而是为了减少官府的注意。

如果真像梁中书预想的那样，大家官军打扮，插着旗号，一定会引起沿途地方官府的注意，地方官员也会给予一定帮助，即使被劫，也会很快得到线索破案的。

而这正是杨志一伙人所要极力避免的。

当杨志一路上用藤条鞭打着军健来到黄泥冈时，他们的计划等于基本上成功了。

在暑热和疲劳的双重折磨下，众人买酒就成了再自然不过的事情了。

这时的杨志却欲擒故纵，对众人说：

你这村鸟理会得甚么！到来只顾吃嘴，全不晓得路途上的勾当艰难。多少好汉被蒙汗药麻翻了。

在众人和老都管的一再央求下，杨志才发话：

既然老都管说了，教这厮们买吃了便起身。

眼看十四个人全都喝了药酒，自己也就象征性地喝了半瓢。

然后，眼看着晁盖、吴用等人将十一担生辰纲装上江州车推走。

当杨志知道晁盖、吴用等人已经走远，自己起来假装要跳崖自杀。

这一切不过是演给众人看罢了。

如果杨志真想死，就不会从悬崖边走回来了。

杨志演够了，扔下一句话：

都是你这厮们不听我言语，因此做将出来，连累了洒家！

然后，叹了口气，一直下冈子去了。

这就是杨志伙同晁盖、吴用等人劫持生辰纲的全过程。

三、杨志为何劫持生辰纲

那么，杨志为什么要劫持生辰纲呢？

从表面上看，杨志是没有劫取生辰纲的理由的。

杨志在东京城杀死牛二，被充军发配到大名府后，梁中书待他不薄。

梁中书是个"交流干部"，原来在东京时就认识杨志，知道杨志的本领。把杨志从一个囚犯提拔成提辖。梁中书为了在群众心目中帮助杨志树立威信，还特地安排了一场比武，此事被称为"北京斗武"。

梁中书对杨志虽然情谊深重，但是不等于杨志没有理由劫取生辰纲。

第一，杨志志向远大，是梁中书无法满足的。

杨志的出身不低，是五侯杨令公的孙子，曾经做过武举人，官至殿司制使官，所以人称"杨制使"。

因为押运花石纲翻船，杨制使被一棒子打成杨草根。

但是杨制使追求功名的劲头并未削减。担着一担钱物去枢密院运作，不但没有成功，还在卖刀时杀了泼皮牛二。多亏众人相助，杨志才被发配大名府。

梁中书虽然提携杨志，但从当时的情况看，在梁中书的地盘上，杨志充其量只能做到李成、闻达的地位，这和杨志设想的，"指望把一身本事，边庭上一枪一刀，博个封妻荫子，也与祖宗争口气"的目标相去甚远。

第二，在梁山结识王伦、林冲的江湖经历，给杨志的人生打开了一扇新的大门。

当年杨志路过梁山泊，与急于寻找"投名状"的林冲邂逅，两人大战，难解难分，最后王伦将杨志请到山寨，并邀杨志入伙，杨志当时谢绝了王伦。

杨志谢绝王伦不是因为杨志不想落草，而是因为杨志还想通过运作枢密院达到官复原职的目的。

但是杨志通过第一次近距离接触这些山大王，还是给自己的内心深处带来不小的冲击的——原来落草为寇的人生也可以很精彩呀！

所以当杨志沦为囚徒后，上山落草的思想火花也就在内心深处不断燃烧起来，最后燃成了熊熊烈火。

第三，杨志在大名府的日子其实并不好过。

从表面上看，梁中书对杨志可谓倾全力相助，梁中书把一个充军配犯栽培成了一名"中层干部"，杨志称梁中书为恩相可谓名副其实。可是尽管梁中书对杨志如同重生父母，但是杨志在大名府的日子并不好过。

为什么这么说呢？

首先，杨志的配军身份很难服众。杨志虽然出身世家，但是因为与牛二的官司变成了囚徒，这段不清白的历史，是很难让众人服气的。

其次，杨志提拔得太快，群众基础不牢固。梁中书厚爱杨志，把杨志从配军直接提拔成提辖，连个铺垫都没有，相信有相当多的群众对杨志的任用是有看法的。

最后，北京斗武一场，树立了很多对立面。

可以说，北京斗武成就了杨志，但是也给杨志树立了很多对立面，为杨志以后开展工作设立了很多障碍。

先说周谨吧，就因为武艺不如杨志，被梁中书免去了职务，改由杨志接替。从另一个角度上讲，是杨志砸了人家周谨的饭碗。

当杨志在斗武中先赢了周谨后，周谨的同事索超首先为周谨鸣不平，说："周谨患病未痊，精神不到，因此误输与杨志。"而且说，"小将不才，愿与杨志比试武艺。如若小将折半点便宜与杨志，休教截替周谨，便教杨志替了小将职役，虽死而不怨"。

李成、闻达相对老成，没有及时表态。索超的态度代表了相当一部分人的意见。在这种环境中，杨志能干好工作吗？

虽然有梁中书的支持，可毕竟梁中书是个"交流干部"，哪天梁中书返回京城，可就把杨志放到二股道上了，有多年官场经验的杨志应该是十分清楚这点的。

面对当时的形势，面对十万贯财宝的诱惑，杨志最终选择了离开，上演了一场监守自盗的活剧。

大家可能还有最后一个疑问，就是为什么杨志没有跟着晁盖和吴用上梁山呢？而是与鲁智深和操刀鬼曹正上了二龙山呢？

其实原因很简单，生辰纲被劫后，晁盖、吴用等人全都化整为零，各自藏在家中，并没有马上上梁山。另外，这时杨志如果跟随晁盖等人回家，势必引起官府的注意，引来麻烦。

等后来晁盖等人上了梁山，并且占了梁山后，为什么杨志没有马上投奔过去呢？

是因为，杨志在二龙山立足已稳，可以与梁山互为犄角，相互照应。

等到宋江一举兼并二龙山、桃花山、白虎山的时候，杨志的重要作用就充分发挥出来了。这个内容我们在以后的章节里还要探讨。

北京斗武的深层次分析
——大名府里的派系之争

前面我们介绍了智劫生辰纲里的"无间道",里面提到了发生在北京大名府的一个著名事件——"北京斗武"。

所谓北京斗武,就是梁中书为了给杨志安排职务,在东郭校军场安排的一场比武活动。

比武的主角是杨志,杨志先后与周谨、索超比武,战胜周谨,战平索超。杨志比武后被梁中书提拔为管军提辖使。

这一章,就给大家深层次分析一下北京斗武,因为里面的门道实在不少。

梁中书是水泊梁山的对立面,梁山的所谓好汉们不但劫取了梁中书的十万贯生辰纲,而且,后来,宋江还亲自兵发大名府,把梁中书搞得家破人亡。

但是梁中书刚出场的时候,还是以正面形象展现给大家的。特别是"青面兽北京斗武,急先锋东郭争功"一回,既表现了杨志的高超武功,又把梁中书塑造成了一个任人唯贤、清正严明的地方官员形象。

但是细究起来,北京斗武一场的许多内容还是值得玩味的,梁中书的光辉形象也有可能因此而大打折扣。

一、从比武场上看梁中书的为人

梁中书虽然对杨志不薄，但是对手下人有点忒狠。

就拿周谨来说吧，本来自己的军中副牌干得好好的，梁中书非要把他拉来与杨志比武，如果比输了，还说要将职务让给杨志。

要知道杨志绝非等闲之辈，他是杨令公的孙子，当过禁军殿前制使，人称杨制使。杨志在当时即使不是超一流的武林高手，也绝对是一流的武林人物，八十万禁军教头林冲曾经和他打得难解难分。

因此，我们说，周谨和杨志比试之前，胜负就已经判定了。

从梁中书动周谨的那根脑筋开始，周谨的军中副牌就已经注定是当不成了。

但梁中书所做的还不只这些，校军场上，还要杨志和周谨真刀真枪地干。

如果不是大刀闻达要求杨志和周谨都卸去枪头，周谨可能早就被杨志刺伤于枪下了。闻达是这样说的：

> 枪刀本是无情之物，只宜杀贼剿寇，今日军中自家比试，恐有伤损，轻则残疾，重败致命，此乃于军不利。可将两根枪去了枪头，各用毡片包裹，地下蘸了石灰，再各上马，都与皂衫穿着，但用枪杆厮搠，如白点多都当输。

比枪结束以后，周谨虽然落败，但并未受到任何伤害。

但接着又和杨志比箭。

杨志担心自己可能会伤害对方的时候，梁中书说：

> 武夫比试，何虑伤残。但有本事，射死勿论。

从这句话上看,梁中书哪里是在安排比武,分明是想将周谨置于死地。难道是周谨与梁中书有什么过节吗?

显然不是。那么为什么梁中书要对周谨如此薄情寡义呢?

要弄懂这些,必须从整个大名府的内部派系关系分析开去。

二、大名府内部的派系关系

我们知道,梁中书是个"交流干部",在大名府并无根基,大名府的整个摊子全是前任留下来的。梁中书毕竟是蔡京女婿,朝中有人。

俗话说得好,一朝天子一朝臣。梁中书对于前任留下的这些干部并不信任。为了扶植自己的力量和打击前任旧吏,梁中书决定提拔杨志,并对大名府中的旧势力动一次手术。这就是北京斗武的最深层次原因。

从双方的人员情况看,大名府的旧吏方面人员众多,仅被提到的就有副牌周谨、急先锋索超、都监李成和大刀闻达,而梁中书一边只有杨志一人。

为了确保杨志万无一失,梁中书特意物色了一个业务水平一般的军中副牌——周谨。

周谨除了业务能力不高外,估计还应该和前任的关系不错。如果不是这样,梁中书是犯不着把他往死里整的。

杨志与周谨比枪结束以后,梁中书对周谨说得明白:"前官参你做个军中副牌,量你这般武艺,如何南征北讨?怎生做得正请受的副牌?"

梁中书的心思从这段的话里淋漓尽致地体现出来了。

梁中书实际上是在说:你原来不是一直跟着前任跑吗?现在天道变

了,我梁中书说了算,我现在就要撤换你。

三、梁中书的做法惹恼了所有的大名府旧吏

梁中书的这句话看似对周谨一人说的,但实质上则是对大名府全体人员说的。

大名府的官员久在官府,当然个个清楚其中的奥妙。

最先表现出愤怒的是周谨本人,周谨一听要和杨志比武,大喊:"这个贼配军!敢来与我交枪!"

周谨实际上是在向梁中书大喊:"你凭什么动我的奶酪?"

第二个表现出不满的是都监李成。

在周谨比枪输给杨志后,李成开始站出来为周谨说话了,但李成比较克制,李成对梁中书说:

周谨枪法生疏,弓马熟娴;不争把他来退了职事,恐怕慢了军心。再教周谨与杨志比箭如何?

并且,李成知道周谨的箭法好,想帮助周谨,让周谨用箭法来找回些颜面,压制杨志,保住官位。

但周谨的箭法只不过比自己的枪法好些罢了,在现代经济学里叫做"比较优势"。

比较优势是与自己比,而不是与别人比,因此周谨赢不了杨志。

第三个表现出不满的是索超。周谨比箭失利后,周谨师傅索超直接跳出来与杨志拼命。索超对梁中书说:

周谨患病未痊,精神不到,因此误输与杨志。小将不才,愿与杨志

比试武艺。如若小将折半点便宜与杨志，休教截替周谨，便教杨志替了小将职役，虽死而不怨。

四、两派纷争的白热化

从梁中书的本意看，决不是为了大范围地打击大名府旧吏，其目的不过是杀一儆百，通过拿下一个周谨，来威慑一下众人罢了。

但是没想到索超先出来打横炮。

接着，李成这时也出来帮腔，径直走到厅前禀复道：

相公，这杨志既是殿司制使，必然好武艺，虽和周谨不是对手，正好与索正牌比试武艺，便见优劣。

到这里，大名府旧吏之中的中坚分子全都浮出水面，有出头的，还有起哄的。

李成的意思是说，周谨和杨志本来就不是一个重量级的，从职务上讲，杨志与索超比武才稍显公道。

这种场面的出现是梁中书最愿看到和最不愿看到的。

说梁中书愿意看到，是因为通过一场北京斗武，大名府的人员派别情况全暴露出来了，梁中书通过比武掌握了情况，摸清了脉络。

说梁中书不愿看到，是因为梁中书在比武中发现，旧派人员势力比想象中要强大得多。上至都监李成，下至索超、周谨，全都铁板一块，特别是其中有索超这样天不怕、地不怕的二杆子，大名府以后的情况一定会让自己头疼万分的。

事已至此，梁中书只好把所有本钱都押到杨志身上。

梁中书在杨志与索超比武前不仅把自己的战马借给杨志,还再三叮嘱杨志小心,不要轻敌。而旧派那边呢,李成也叫来索超,说:

你却难比别人,周谨是你徒弟,先自输了,你若有些疏失,吃他把大名府军官都看得轻了。我有一匹惯曾上阵的战马并一副披挂,都借与你。小心在意,休教折了锐气!

大名府的两派势力,为了各自的利益展开了一场空前决斗。

那么,两个利益集团的正面碰撞最终会怎样收场呢?

五、杨志的假打成为扭转时局的关键

对于杨志与索超的争斗,《水浒》里是这样描写的:

两个斗到五十余合,不分胜败。月台上梁中书看呆了。

两边众军官看了,喝彩不迭。

阵面上军士们递相厮觑道:"我们做了许多年军,也曾出了几遭征,何曾见这等一对好汉厮杀!"

杨志与索超的争斗虽然精彩,但我认为,杨志其实是在假打。

为什么这么说呢?

从整个《水浒》里我们可以看出,索超的武功也就是二流水平,索超还曾经让韩滔一箭射中左臂,由此可见,杨、索二人的武功差距不小。

两个人的水平虽然不在一个重量级,但却打得难解难分,这里面表现出的恰恰是杨志的智慧。

杨志久居官场,自然知晓进退的奥妙。

刚才已经把一个周谨免了,下一步难道还要再免一个索超,并且免了索超以后，保不齐李成和闻达还要跳出来。这样下去，自己不但在大名府中结怨过多，也不利于今后的工作。

所以，杨志计划在抵挡住索超进攻的前提下，招招架架，回合虽多，但不并出狠招、杀招。

杨志的想法，也是在梁中书的意料之中。所以在比武还没开始之前，旗牌官拿着销金"令"字旗向两个人传话道：

奉相公钧旨，教你两个俱各用心。如有亏误处，定行责罚；若是赢时，多有重赏。

但是"将在外，君令有所不受"。杨志还按自己的预案行动，并不进攻，只是使出浑身解数，把场面演得十分热闹。

事实上，真正的比武哪有这么热闹？杨志只不过是在索超的配合下，完成了一场表演赛而已。

六、中间派的出场促使事件和平解决

有人群的地方，就有左、中、右三派，堂堂北京大名府也不例外。

大名府里除了有梁中书、索超这样的激进派和李成这样的准激进派，还有一个重要的中间派人物——大刀闻达。

闻达在整个北京斗武中表现不多，但每次露脸却都十分关键。

第一次闻达的表现是在杨志与周谨比枪时，是闻达提议，让两人卸去枪头，确保了两派矛盾不至于马上激化。

第二次露面就是在杨志与索超打得难解难分之际。

这时，闻达不等梁中书传令，慌忙叫旗牌官把杨、索两人分开。

然后闻达又与李成一起禀复梁中书道："相公，据这两个武艺一般，皆可重用。"

梁中书听后大喜。

梁中书这时喜的不是两人皆可重用，而是被激化的矛盾终于可以平息了。

所以梁中书不但奖赏杨志，还赏赐和提拔了索超。

梁中书叫取两锭白银两副表里来赏赐二人，又叫军政司将两个都升做管军提辖使。

七、北京斗武的后期影响

在杨志的精彩表演和闻达的妥善把握下，北京斗武事件终于和平解决了，但这一事件对于大名府各派政治势力的影响则是十分深刻的。

先说梁中书。

梁中书试图用一次校场演武来打压一下大名府旧吏的势头，应该说，梁中书的目的达到了一部分。

从免掉周谨职务的情况来看，至少大名府的旧吏已经知道，梁中书才是他们的最高长官。但是，由于梁中书的动作过激，激起了以索超、李成为首的将领的强烈反对，梁中书的"群众威信"也受到进一步挑战，梁中书面临一定的领导危机。

再说大名府的旧吏。

周谨被免，其余人员人人自危，索超、李成等人在梁中书和杨志的挤压下，被迫采取守势，当然也不能完全排除这些人不会铤而走险，公开向梁中书叫板。

北京斗武后,两派势力开始维系着一种微妙的恐怖平衡,直到生辰纲被劫为止。

八、尾声

当《水浒》中再次提及大名府的时候,已经是在第六十三回"宋江兵打北京城"的事了。那时,面对水泊梁山的进攻,李成、闻达、索超全都团结在了梁中书的周围,这期间梁中书又做了哪些团结"干部队伍"的工作,大刀闻达又发挥了哪些稳定军心的作用,我们倒是真的不得而知了。

钱是惹祸根苗
——宋江为什么不收晁盖的金子?

前面我们已经说了好多《水浒》中的人物了,但最主要的人物还没有出场。

下面,我们就来说说《水浒》中的一号人物——宋江。

有关宋江的故事很多,其实宋江背后的故事更多。

对宋江的分析,我们将分几个部分一一介绍。

我们知道,宋江本是山东郓城县衙门里的一个文职人员,吃了官司才流落江湖。

宋江的官司与其说和女人有关,还不如说和钱有关。

事情要从智劫生辰纲说起。

晁盖、吴用等八人智劫生纲后,被官府通缉,由于宋江利用其职务之便及时向晁通风报信,晁盖、吴用等人得以逃脱。

事后,晁盖为了感谢宋江,特地让刘唐下山给宋江送来一封感谢信和一百两金子。

但是宋江没有要金子,就是因为没有要这一百两金子,才给宋江惹出了大麻烦。

因为晁盖的感谢信被宋江包养的二奶阎婆惜发现,信上清清楚楚地

写着梁山赠与了宋江一百两金子，阎婆惜以举报宋江通匪相要挟，企图讹诈宋江的金子。

宋江拿出金子，阎婆惜还是不依不饶，宋江一着急，杀死了阎氏。

大家想，如果当时宋江真收了这一百两金子，宋江完全可以拿出来打发了阎婆惜，也不至于弄出人命来。

真应了那句话了：色是刮骨钢刀，钱是惹祸根苗。

可话又说回来了，宋江为什么不收晁盖的金子呢？

表面上看，宋江不收金子是重义轻利，情操高尚，宋江对刘唐说得很好：

你们七个弟兄初到山寨，正要金银使用；宋江家中颇有些过活，且你在放山寨里，等宋江缺少盘缠时却来取。

但事实上，宋江不收金子另有隐情。

宋江不收金子既不是所谓的义气深重，也不是嫌一百两金子礼轻，而是对晁盖的做法不太满意。

刘唐说：

（晁盖）特使刘唐赍书一封，并黄金一百两相谢押司，并朱、雷二都头。

就是说，一百两金子不是专门送给宋江的。

这才是宋江不要金子的关键。

我们知道，宋江与晁盖关系好，朱仝与晁盖关系也好，但宋江与朱仝并不知道对方暗通晁盖的事。

宋江与朱仝两个人在郓城县衙门里都是同事，各自的人缘虽然都好，但却关系微妙。

在当时的环境下，暗通梁山是死罪。

如果这时，宋江贸然拿着金子，送给朱仝，说这是晁盖给你的谢礼，朱仝敢要吗？

而且这样一来，宋江与黑社会的瓜葛也完全暴露，如果哪一天朱仝想排挤宋江完全可以拿此事做借口，告发宋江，这不等于把自己的小辫子往人家手里送吗？

所以，宋江坚决不收金子，而且把朱仝那份也回绝了。

宋江是这样对刘唐说的：

朱仝那人也有些家私，不用与他。我自与他说知人情便了。

具体向朱仝说不说晁盖的人情，晁盖也无法核实。

宋江的"坎坷"梁山路
——宋江为何多次执意不肯上梁山

俄国著名大文豪列夫·尼古拉耶维奇·托尔斯泰说过这样一句名言："幸福的家庭都是相同的，不幸的家庭各有各的不幸。"

如果套用一下托老的话，我们也可以这样说："好汉们上梁山的结局都是相同的，但好汉们上梁山的过程却各有各的不同。"

有的好汉简简单单就上了梁山，比如锦豹子杨林，只是因为在蓟州结识了神行太保戴宗，由戴宗引见上山，就可名列七十二地煞。

有人却需费几番周折，比如前面说的林冲，上梁山的过程极其曲折，自己死乞白赖地要入伙，人家梁山的总瓢把子还就是不收。

但是宋江的命运却与之相反，晁盖多次邀宋江入伙，却都被宋江婉言谢绝，宁可亡命天涯，也不上梁山避风。

我们先来回顾一下宋江拒上梁山的过程吧：

宋江第一次拒绝上山是在"镇三山大闹青州道，霹雳火夜走瓦砾场"之后。

由于宋江、花荣等人大闹青州府，宋江等人不得不离开清风山，计划与大家一同上梁山入伙。

半路之上，遇到石勇，石勇带来宋江弟弟写的家书。家书上说宋江

的父亲宋太公病故，宋江因此被迫放弃了上山的计划，独自离开大家回郓城奔丧去了。

当然，后来证明宋清的家书说的都是谎话，宋老太公仍然健在。宋清写信的目的只是为了让宋江回家看看。

第二次拒绝上山是在宋江发配江州的路途中。

宋江回家奔丧，老父虽然健在，但宋江却被官府差人盯上了。宋江被官府缉拿归案，刺配江州。

发配路上，宋江和两位解差路过梁山，晁盖等人将其请上梁山，并邀请宋江入伙，但宋江却百般推脱，坚辞不受。

众人只好不再勉强宋江，同意其到江州服刑。

难道宋江真的品性高洁吗？

如果是那样，江州劫完法场后宋江为什么还是上了梁山呢？

也许有人会说，宋江等人大闹了江州，杀人无数，是重要的政治犯，被官府通缉，不得已才上了梁山。

其实事情不是这样简单的。

宋江虽然大闹了江州，但是还是有很多条道路供其选择的，比如他可以像鲁达、武松一样遁入空门，也可以隐姓埋名，从此出世。

但宋江却选择了他当初最不愿意的去处——梁山。

这是为什么呢？

事实上，宋江并不是不愿上山，而只不过是前两次上山的时机不成熟罢了。

先说第一次，宋江与花荣、王英、燕顺、郑天寿、秦明、黄信一行七人从清风山下来直奔水泊梁山，前去入伙。路上还结识了吕方、郭盛二位好汉，连同喽啰兵以及秦明带来投降的官军一共三五百人。

带着这样一支浩浩荡荡的队伍上山，宋江应该是很有底气的，再不会为林冲所遭遇的"投名状"问题而烦恼了。

但是，一个问题解决了，另一个问题也就出来了。

问题就出在人多上了。

按理说，带上山的人越多，宋江手里的筹码也就越多，心里越应该有底。

可事实上，宋江带的人越多，心里就会越没底。

因为人多也要有个限度。

九条"好汉"，三五百名喽啰兵，宋江的人马已经与晁盖梁山的实力不相上下了。

如果此时宋江上山，将对晁盖在山寨的地位产生强劲挑战。

宋江知道，一山容不得二虎。

晁盖、吴用一伙绝非善类，劫了生辰纲，一上梁山就把苦心经营梁山多年的寨主王伦给杀了。

虽然，从表面上看，宋江的处境好像与王伦不太相同，毕竟宋江当年曾经搭救过晁盖，对晁盖有救命之恩。

但江湖就是江湖，买卖就是买卖。

在自身利益面前是没有什么情谊可讲的。

退一步讲，纵然晁盖不愿杀害宋江，晁盖手下的弟兄们也是不愿意放过宋江的。

所以，从这个角度上讲，此时宋江带着大队人马投奔，无异于自己找死。

因此，谙熟江湖套路的宋江就于半路上炮制出一个父亲亡故的假消息，为自己找了个脱身借口。

在一个"百善孝当先"的社会里，再没有比这个理由更能让宋江从容逃脱的了。

宋江半路逃脱，一是自保，避免了自己上山之后可能遭到的毒手。二则投石问路。因为花荣、王英还有后来的石勇一行九人最终还是上了梁山，宋江可以通过山上的这九人考察一下晁盖的态度，为自己以后上梁山打下基础。

那么宋江为什么第二次还要拒绝上梁山，而且拒绝得那么坚决呢？

宋江第二次是以发配罪犯的身份路过梁山的，当时晁盖等人将宋江请上梁山，待若上宾。但宋江到了梁山之上，却连枷锁都不让打开。

宋江当时说得很恳切：

"家中上有老父在堂，宋江不曾孝敬得一日，如何敢违了他的教训，负累了他？前者一时乘兴，与众位来相投，天幸使令石勇在村店里撞见在下，指引回家。父亲说出这个缘故，情愿教小可明了官司；及断配出来，又频频嘱付；临行之时，又千叮万嘱，教我休为快乐，苦害家中，免累老父怆惶惊恐。因此，父亲明明训教宋江。小可不争随顺了哥哥，便是上逆天理，下违父教，做了不忠不孝的人在世，虽生何益？如哥哥不肯放宋江下山，情愿只就兄长手里乞死！"说罢，泪如雨下，便拜倒在地。

一面是山寨众人的热情相邀，百般相劝，另一面是江州城中的牢狱之灾，弄不好还要挨上一百"杀威棒"，饱受皮肉之苦，但宋江却出乎意料地选择了后者。

这是为什么呢？

我们千万不要被宋江的言语所蒙蔽。

这其中一定是宋江看到了比牢狱之灾更为可怕的东西。

那就是晁盖等现有梁山人员对自己的忌惮。

首先，晁盖并没有真心实意地想让宋江入伙。

如果晁盖真想让宋江入伙，为什么连个座次都没有安排？

要知道江湖上是最讲座次这个规矩的，即使许个空愿，也算是对宋江有一个交代。

晁盖虽然派刘唐、吴用、花荣等人前呼后拥地迎接宋江，但不过是做个样子给大家看看罢了。

其次，凭宋江当时的实力尚不足以控制住梁山大局。

从当时的情况看，宋江的势力还仅限于花荣、王英等九人。而且，这九人当中，真正死心塌地跟宋江走的人恐怕只有花荣、秦明和石勇了。

因为花荣本来就与宋江有旧，花荣是为了保护宋江才上了梁山。到最后，宋江被害，花荣也在蓼儿洼宋江的坟前上吊，足见两人关系之铁。

而花荣的妹妹由宋江做主嫁给了秦明，因此，秦明便与宋江结成了死党。

至于石勇嘛，石家本就是宋家的至交，和宋江的关系自然没的说。

剩下的王英、燕顺、郑天寿、黄信和后来结识的吕方、郭盛只是仰慕宋江的虚名罢了，这些人对于宋江来说并不可靠，随时都可能在晁盖的压力下掉转枪口，威胁自己。

而晁盖当时的实力呢？

晁盖手下有十几员头领和几百号人马，可随时听候召唤。

文有吴用这样的智囊式人物，武有林冲、刘唐这样的武林高手，并且这些人久居水泊，深得地利，一旦发生火并，宋江在晁盖面前是没有太多还手之力的。

了解了晁盖、宋江两派的实力对比后，宋江也就明白了自己的出路：就是宁愿去江州坐牢，也不能上山为寇。

至于宋江自己所宣扬的那套忠义理论，只不过是为了掩盖其真实目的一套说辞罢了。

那么后来宋江在"梁山泊好汉劫法场，白龙庙英雄小聚义"的时候，为什么就轻易上了梁山了呢？

原因还是实力对比使然。

那时，宋江通过自己的不断积累，羽翼已丰，不但具备了与晁盖分庭抗礼的实力，而且会在可能与晁盖进行的对抗中占尽优势。

第一，宋江在发配江州途中，结识了很多土匪和江洋大盗，并收为己用。

宋江在发配路上，先后结识了李俊、李立、童威、童猛、穆弘、穆春、张横、张顺、薛永九人，这九人不光人多，而且除了穆氏兄弟和薛永外都是江洋大盗。

看看他们的绰号就明白了，李俊名曰"混江龙"，童威、童猛分别称为"出洞蛟"和"翻江蜃"，张横和张顺兄弟叫做"船火儿"和"浪里白条"。

要知道，水泊梁山之所以令官府头疼，就是因为山寨周围的八百里水泊。当时宋江两次拒绝上山，除了感觉人手少之外，还有一个重要原因就是手下水性好的人不多。

花荣光是箭法出众，号称"小李广"，据说箭法和西汉名将李广有一比，但是不习水战。王英、秦明之流也是一样，陆战出色，水战是短板。

但宋江结识了李俊等江洋大盗就完全不一样了，八百里水泊对于这些人来说如履平地。对付晁盖手下渔民出身的"阮氏三雄"来说也绰绰有余，宋江对付晁盖的信心也更足了。

第二，在江州牢城营结识了李逵，使之成为手中利器。

宋江是在江州牢城营里遇见李逵的。

李逵呢，是个地道的流氓无产者，有奶便是娘。

宋江通过收买和利诱，很快将其发展为心腹。

在二十世纪七十年代时，舆论界曾经把李逵捧上天，认为李逵是最彻底的革命者。

但事实上，李逵所做的事根本就不是什么革命事业，而是彻头彻尾的恐怖分子。

他把破坏当目的，把杀人当儿戏，是水浒中头一个十恶不赦的暴徒。

对于这样一个"杰出"的恶棍，世人虽然厌恶，但宋江喜欢。因为手里有这样一架暴力机器，对付起异己来，绝对堪称利器。

流氓无产者的阶级属性，决定了李逵了不计后果的做事原则。只要自己有了足够的好处，可以干尽灭天理、丧人伦的事。

在黑社会里，"黑"的也怕更"黑"的。

李逵加入自己的阵营后，宋江上梁山的底气更足了。

第三，通过戴宗，做好了拉吴用下水的基础工作。

通过我们上面的分析，可以看出，由于自身实力的增长，胜利的天平已经在向宋江这边倾斜了。

但是宋江觉得还没有十足的把握,他还需要做的是摧毁晁盖的智囊。

晁盖的智囊只有一个,就是军师吴用。

吴用的能力和作用似乎与《三国演义》中的诸葛亮十分相似,晁天王所领导的梁山事业之所以能兴旺发达是绝对离不开吴用的。

由于吴用与江州牢城营的节级戴宗关系相当好,通过戴宗去做吴用的工作,就可以轻松地策反吴用。

想必是宋江对戴宗做了大量的耐心、细致的工作,因此更加胸有成竹了。

所以宋江杀出江州城后,便义无反顾地上了梁山。

看到宋江势力的膨胀,晁盖无可奈何,只好并不情愿地将宋江任命为二把手。

费尽周折,宋江终于上了梁山,但是二把手宋江与一把手晁盖的斗争却刚刚开始。

有关一二把手斗争的问题,我们下面接着讲。

"一把手"面临的挑战
——水泊梁山中从未停止的明争暗斗

俗话说得好:"家有千口,主事一人。"一般"一把手"都是风光无限的。

且不说"一把手"能享受多少物质上的待遇、占有多少集团的利益,单是万人之上的感觉就足够令人羡慕和景仰的了。

可事实上,"一把手"却不是那么好当的。

原因很简单:就是因为有太多人的羡慕和景仰,这个位置反而变得极不安全了。

就像当年秦始皇巡幸天下,本来是想让全国的百姓见识他的恢宏场面和宏大气势,以便服从他的管理,但是项羽见了之后却发现了当"一把手"的妙处,直接对自己叔叔说:"彼可取而代之。"从此加入了反秦的队伍。

江湖上也是一样。

当初,王伦、杜迁、宋万、朱贵,四个人在梁山待得好好的,没想到被晁盖等人一下强占了山寨。

虽然《水浒》中把晁盖、吴用等人夸得像花一样,把王伦贬得一无是处,但真正不仗义的恰恰不是王伦,而是晁盖一伙。

面对人家盛情款待，临走金银相赠，晁盖等人却走出了一步"杀王伦、占梁山"的恶招。

反过来说王伦，自己身为梁山的"一把手"，在处理这样一个生死攸关的问题时，竟然毫无防范，不能不说其过于稚嫩。

首先，作为"一把手"，王伦没有抓住工作重点。

"一把手"想的最主要的事情并不是什么"大秤分金、小秤分银"这些低端的事务性工作，而应把主要精力放在业务发展上。

在和平环境里，反叛人物往往为主流社会所不容。

梁山大旗一树，反政府势力必定会趋之若鹜，将其作为避难的天堂。

水泊梁山如果还想着过一种"小国寡民"的生活是极其不现实的，要么自身发展壮大，要么被人兼并，这其中是不会有第三条道路的。

但是王伦这时却对当时的天下大势没有一个清醒认识。

不去积极发展自己的势力，只是一门心思想着与杜迁、宋万、朱贵等人苟且偷安，导致其错过了最佳的发展机遇期。

试想，如果当时王伦手下拥有十几个头领、上千号人马，借给晁盖、吴用他们几个胆，他们也断然是不敢贸然杀死王伦的。

其次，一把手没有笼络住班子成员。

王伦的班子由五人组成，分别是：王伦、杜迁、宋万、朱贵和林冲。林冲虽然是最后一个上山的，但林冲却是一个不容小觑的人物。

之所以不能小觑林冲，其武功、本领是一方面，更主要的是他八十万禁军教头的身份。

林冲已经落草，但仍然对自己八十万禁军教头的身份念念不忘，他需要的是人们对他的尊重。就像武松一样，虽然早就成了配犯，但还喜

欢人家叫他都头，杨志即使被充军发配，会来事儿的人还管他叫杨制使。

这些都是一个道理。

林冲的出身已经把自己架在了半空中，这就决定了他不会在山寨中沉默下去。

争取山寨中的话语权是林冲后面的必然选择。

因此，整个王、林矛盾中，并不是王伦故意刁难林冲，而是林冲时刻想找回自己八十万禁军教头的感觉。

从后面林冲杀王伦的行为看，林冲虽然不仁不义，但是王伦呢？对林冲的心理根本没有进行过细致、周密的研究、分析。

王伦只是简单地认为自己在林冲最困难的时候收留了对方，林冲理应对自己感恩戴德，而不去考虑林冲的心理预期，更不去考虑如何消除和化解林冲心中的不满情绪。

结果，林冲的不满情绪被心术不正的外人所利用，因而上演了一出血腥的火并悲剧。

一个"一把手"倒下了，下一个"一把手"自然会跟上来。

王伦之后，晁盖当上了山寨之主。

这时的晁盖，是何等的风光啊！

谈笑间，晁盖指使林冲杀死王伦，不但据有了整个山寨，还并不承担杀害贤良的罪名。

据有山寨后，挟智取生辰纲之余威，文有吴用、公孙胜为之谋，武有林冲、刘唐、阮氏三雄为之用，打家劫舍，岂不快哉？

但是晁盖并没有摆脱一把手的宿命，晁盖的挑战者在不久之后不请自来。

挑战晁盖的不是别人,正是自己的"二把手"——宋江。

晁盖想必已经明白王伦失去梁山的原因,所以从一开始,就极力避免重蹈王伦的覆辙。

一是注意做大做强梁山主体业务,引进人员,壮大实力,力争将梁山办成当时北宋最大、最优秀的"黑道公司"。二是对于有能力的人也没有一味地漠视和打压,把江湖上颇有名望的"及时雨"宋江提拔成"二把手",以稳定队伍和团结下属。

但是,随着时间的推移,"二把手"的野心仍避免不了膨胀,最终宋江害死了晁盖,窃取了梁山一把手的宝座。

宋江是如何窃取梁山宝座的呢?

且听下回分解。

艰辛的历程
——宋江是如何当上"一把手"的？

宋江是一个成功地从"二把手"晋升为"一把手"的人。

大家别小瞧了从"二把手"到"一把手"的这一步，虽然只是一步，但却是质的飞跃。

很多人干了一辈子"二把手"，最终都没实现这种质的飞跃。

那么宋江是如何当上"一把手"的呢？

这里面的道道很多，下面听我慢慢道来。

第一，招兵买马，积攒实力。

在人类社会中，大部分时间里，人们遵循的法则不是"公理就是力量"，而是"力量就是公理"。谁拥有了足够的力量，谁才有可能最终成功。

宋江自从杀死阎婆惜后，实际上就已经动了上山称王的念头。但称王是需要实力的，所以宋江一直在慢慢积攒着自己的实力。

万事人为本。宋江不管遇到谁，只要是被主流社会所淘汰、遗弃的，都极尽收买拉拢之能事。

不管是谁，一见面就是一锭大银相赠。至于对方拿着银子去赌还是去嫖，一概不问。

只要跟我宋江一心的，就能得到奖赏。一时间，江湖上的各色人等，纷至沓来，宋江则是为我所用，全部收入麾下。

第二，沽名钓誉，抬高自己。

现代营销学中有一句经典名言："不做总统，就做广告人。"

这句话说的是广告在现代社会中的地位和作用。

其实，广告在古代的作用一样强大，只是我们有时不注意罢了。

比如宋江，他应该是中国古代较早通晓广告效应的人。

宋江在招兵买马，积攒硬实力的同时，也时刻不忘记自己"软实力"的培养和提升，其主要方式就是造势。

一个没多大本领的郓城县小吏，竟被冠以"孝义黑三郎"、"及时雨"和"呼保义"三个绰号，绝非一般人可以做到。

在整部《水浒》中，拥有三个绰号的也仅此一人。

应该说，这三个绰号都是极具杀伤力的广告。三个绰号相互联系，且层层递进。

先说"孝义黑三郎"吧。

"孝义黑三郎"，表面上看说的是"孝"和"义"两个内容。但在这里重点说的不是孝，而是义。因为具体宋江孝不孝，宋太公不说，没人知道，也没有必要让别人知道。

而"义"就不一样了，说自己义气，才会积累更多的人脉资源。

下面再说"及时雨"。

在传统农耕社会中，"及时雨"就是救命雨，换成西方的说法其实就是救世主，是耶稣，谁有苦难，他都可以帮助解决。

这是何等的感召力啊！

一个"及时雨",已经把宋江捧上天了,"呼保义"这个名字则更加厉害。

"呼保义"有两重含义,第一是谦虚。保义是保义郎的简称,在宋代保义郎是个很低的官职,呼保义就是"自呼保义郎"的意思,把自己的位置放得很低。

第二是说宋江不是等闲之辈。因为在宋代,皇帝有时自称保义郎,宋江被称为"呼保义",就是说宋江是完全可以和皇帝分庭抗礼的。

宋江在三个绰号的效应下,蒙蔽了相当一部分不明真相的群众。这些人在"孝义黑三郎"、"及时雨"和"呼保义"的名号下趋之若鹜,主动投靠。

宋江在风头上压过了晁盖。

第三,结联死党,伺机而动。

要想当上梁山的一把手,光有点人马和群众基础是远远不够的,只有拥有了可以与自己同生死、共患难的死党,才有可能成功。

因此,宋江一直致力于发展死党。

李逵与宋江的关系不用说了,除了李逵还有花荣和秦明,他们之间关系我们前面已经说了。

宋江与李逵、花荣、秦明结成了一个紧密的利益共同体。

在这个利益共同体中,成员们一荣俱荣,一辱俱辱。即使宋江不想当"一把手",其他成员也不会答应的。

他们为了自身的利益会千方百计撺掇宋江或为宋江当"一把手"创造条件。

到这里,宋江当"一把手"事实上已经成了一个大势所趋的事情。

第四，分化瓦解，收买利用。

就拿吴用来说吧，这个人其实很值得研究。

我们研究的重点不是吴用有多少智慧和才能，而是他是如何从晁盖那里投靠到宋江那里的。

我们知道，智多星吴用和入云龙公孙胜原来都是晁盖集团的核心人物，但后来，两个人的处境却大不相同。

智多星吴用在一百单八将中位居三甲，但实际上是梁山的"二把手"。

名义上的"二把手"卢俊义不过是个摆设。

而入云龙公孙胜，却在宋江上山不久即回蓟州老家，并且回到蓟州老家后，就以伺候老母、侍奉师父为名，不再回梁山。

宋江几次相请，无果而终。

最后李逵大闹紫虚观后，公孙胜才不得不重回梁山。

如果我们真以为公孙胜是要照顾母亲和留在师父跟前，就大错特错了。

伺候母亲可以将她接到梁山，梁山的好多"好汉"都是接了家眷上山的，而公孙胜却偏偏要回家侍奉母亲。

当时戴宗和李逵来到公孙胜的家门口，公孙胜也不相见，还让母亲告诉戴、李二人，说自己出去云游了。

直到李逵拔出大斧，先砍翻一堵墙壁，又威胁说：

"你不叫你儿子出来，我只杀了你！"

公孙胜才从里面奔将出来，叫了声："不得无礼！"

公孙胜不愿回梁山的原因其实很简单，就是不愿卷进权力斗争的旋涡。

当时，在宋江的收买下，吴用已经死心塌地为新主子效力了。公孙胜则进退两难：背叛晁盖，于心不忍；不投靠宋江，而将来梁山必然是宋江的天下。

所以公孙胜决定三十六计走为上，在事情尚未明朗之前，先离开是非之地。

吴用的"留"和公孙胜的"走"，折射出了宋江对梁山"好汉"所做的功课。

在宋江的分化和收买下，晁盖一手搭建起来的大厦已经到了濒临倾覆的地步。

第五，暗算晁盖，独霸梁山。

当宋江将夺权的一系列外围工作结束后，从肉体上消灭晁盖就自然而然地被提上了议事日程。

如果宋江也像当年晁盖利用林冲杀王伦的做法干掉晁盖，显然是不妥的。

不妥的原因就是因为手法有点太俗了，可以被明眼人一看就破。

那样的话，宋江在江湖上多年积蓄的人气威望将急剧下降。

所以，宋江为了避免流俗，炮制了一次意外，让晁盖死于一次战斗之中。

这场战争发生在攻打曾头市的过程中。

从表面上看，晁盖因为听了曾头市诈降僧人提供的假情报，亲自带队，在半夜里前往曾头市劫营，因半路遭遇伏兵，面门中了毒箭，而死于箭伤。

但事实与我们所看到的可能相去甚远。

也许有人会说，明明射中晁盖面门的那支箭还刻着"史文恭"三个字,不是史文恭杀了晁盖,还能有谁呢?这应该是一件证据确凿的铁案。

其实,这里面的破绽是很多的。

黑夜、面门、毒箭和"史文恭"三个字构成了整个事件的要素,而正是这些要素暴露了事件背后的隐情。

黑夜里,远距离一箭射中对方主帅的面门,并不是一件容易的事,况且,史文恭并不以箭法见长。

再说毒箭。

射中晁盖的这支箭,可以说是《水浒》中绝无仅有的一支毒箭,在书中所有的战斗中均未涉及其他毒箭。

既然毒箭的致命效果如此神奇,那么曾头市的人们为什么不多备毒箭呢?

特别是在后来水泊梁山加大对曾头市的攻势,曾头市陷入最危机的时刻,史文恭等人也没有射出第二支毒箭来。

至于箭上的"史文恭"三个字,则更有"此地无银三百两"之嫌。

而且曾头市的人也从未承认是史文恭所为。

曾升在送给梁山的乞降书中是这样写的:

无端部卒施放冷箭,罪累深重,百口何辞?

曾升只表示冷箭可能是手下部卒所射。如果真是史文恭一箭射死了梁山的一把手,曾家肯定会对史文恭大肆褒奖的,除此之外,还应向朝廷请功才对。

史文恭能一箭干掉大宋国朝的头一名悍匪,理应大书特书。

可事实上,无论曾头市还是政府当局,对于晁盖的死都表现出异乎寻常的平静。

简直是奇了怪了。

当我们将所有这些超乎常情的要素综合到一起后，就会明白晁盖究竟死于谁手了。

对于晁盖之死的唯一合理解释就是——宋江派人在黑夜的掩护下暗中向晁盖放箭，并将箭头抹毒，力求一箭毙命。

同时为了嫁祸别人，故意在箭杆刻了"史文恭"三个字。

对于宋江的所作所为，晁盖并非不知，因为他已经察觉到了真正的凶手。

所以晁盖在临终时，当着水泊梁山的众弟兄，对宋江说：

贤弟莫怪我说，若那个捉得射死我的，便教他做梁山泊主。

晁盖的遗嘱着实令人回味。在继承人的问题上，中国的历史传统就是"父死子继，兄终弟及"，规矩换到江湖上就是"一把手"死了，"二把手"上。

这样做，从客观上讲也是有利于梁山的生存发展的。

但晁盖将本该由"二把手"继位的规则、有利于梁山发展壮大的方式置之一边，却将继承人的事与报仇联系到了一起，岂不怪哉？

晁盖无非要表达两个意思：一是宋江是不能顺理成章地坐老大的交椅的；二是要求大家一定要设法查出真凶，为自己报仇。

可在当时，整个梁山都已经被别人控制了，晁盖再说这种话还有什么意义呢？

至此，宋江终于完成了由"二把手"到"一把手"的嬗变，过程虽然曲折，但是宋江实现了自己多少年以来的理想和抱负，可以在梁山上实施自己的政策，实践自己的思想，从而更好地改造客观世界了。

戴宗为何不救宋江？
——兼谈戴宗与宋江的关系

说起宋江，故事还真不少。

从杀死阎婆惜，出走郓城县后，宋江经历了无数次生死考验。其中，最为危险的一次要算浔阳楼题反诗的事了。

这个故事被称为"浔阳楼宋江吟反诗，梁山泊戴宗传假信"。

后来，多亏众人多方搭救，宋江才从江州逃出，捡了一条性命。

对于不太熟悉《水浒》的人，可能会认为宋江被蔡九知府关入死囚牢后，是戴宗上梁山报信，才引出梁山晁盖、吴用找人作伪书，搭救宋江。

再后来，因为伪书被无为军的通判黄文炳识破，水泊梁山不得已，才选择了用江州城劫法场的办法搭救宋江。

但实际情况是：戴宗其实并没有主动上梁山去寻求帮助。

当时，宋江身陷死牢，蔡九知府急于向蔡京邀功请赏，派戴宗去京城报信。

戴宗一路上饥餐渴饮，直奔东京。由于误入朱贵的酒店，被蒙汗药麻翻，朱贵偷看了戴宗的信件以及戴宗的工作证件——"朱红绿漆宣牌"，才认出戴宗，并将其带上梁山。

以后，才引出了吴用修假书、搭救宋江的故事。

如果戴宗不是误入朱贵的酒店，宋江恐怕早就身首异处了。

而且我们从整个事件的记录上看，在得知知府要向东京汇报案情后，戴宗除了让李逵在狱中照顾宋江以外，没有任何帮助宋江的其他行为。

那么戴宗为什么不救宋江呢？

第一，戴宗与宋江的关系没好到一定程度。

戴宗与宋江关系虽然要好，主要是得益于吴用的引见。

宋江原来在郓城县政府当职员，戴宗在江州监狱当中层干部，二人素无瓜葛，而且戴宗也并不仰慕宋江。

例如两人见面后，戴宗也不像其他被宋江蒙蔽住的"好汉"那样，纳头便拜。

当戴宗在牢城营里知道对面的犯人就是宋江后，只是大惊，连忙作揖，说道："原来兄长正是及时雨宋公明！"

从戴宗的表现看，完全是一种正常的礼节交往。

戴宗碍于吴用的情面，在狱中照顾宋江，以后两人只是喝了回酒。

书上是这样说的：

宋江诉说一路上遇见许多好汉，众人相会的事务。戴宗也倾心吐胆，把和这吴学究相交来往的事告诉了一遍。

一副君子之交淡如水的架式，因此戴宗还没有为救宋江而舍命上梁山的理由。

第二，戴宗的社会地位和现实处境决定了他不可能铤而走险。

戴宗官拜节级，不仅有一定的社会地位，而且在牢城工作，不时有犯人或犯人家属向其提供银两，日子过得逍遥自在。

从社会阶层分析上看，戴宗是当时社会的既得利益者，他所希望的不是改变现状，而是如何将这种现状维持下去。

虽然戴宗和吴用关系要好，但那时吴用等人刚刚劫了生辰纲，上了梁山，因此我们可以判断，戴宗和吴用的关系是在以前建立的。

就是说戴宗本来与黑社会没有联系。

戴宗对于宋江的照顾不过是吃、住条件好些，有些行动自由罢了，完全是正常的人情世故。

指望一个主流社会的成功人士，为一个罪犯赴汤蹈火，简直是异想天开。

所以，戴宗在救宋江的问题上，表现得相当不积极。

第三，戴宗本身也不是那种打打杀杀的人。

戴宗与宋江的其他好友似乎并不一样，戴宗的为人可能更接近于公孙胜和柴进。

在江州时，戴宗就对李逵的暴力行为和嗜赌成性的人品表现出了相当的不满。

这厮本事自有，只是心粗胆大不好。在江州牢里，但吃醉了时，却不奈何罪人，只要打一般强的牢子。我也被他连累得苦。

并且，戴宗上了梁山之后，戴宗也没有做出任何杀戮行为。

运用暴力解决问题不是戴宗的行为习惯，所以戴宗也不想采取那种砸牢反狱的暴力手段去解决问题。

第四，蔡九知府让戴宗送信是一个圈套，目的就是为了将宋江一伙一网打尽。

宋江在浔阳楼题反诗，绝不是一般的刑事案，是一起地地道道的政治案。

在蔡九知府和黄文炳看来，宋江的背后可能另有同案犯。

不然，一个配军怎么可以没事到江边名胜饮酒作乐？并且，在官府追查反诗的时候，宋江马上就装疯卖傻，没有内线通风报信，宋江怎么可能做成这样？

蔡知府和黄通判在进行了一系列外围调查后，发现节级戴宗与宋江关系最近。

但由于没有确凿证据，况且戴宗身为节级，所以无法将其定罪。

为了将宋江的同伙一网打尽，蔡九知府和黄文炳想了一个主意，就是让戴宗去东京送信，等着戴宗上路后做手脚。

因此蔡九知府对其严格规定了行程，并周密安排。

临行前，蔡知府对戴宗说：

你的程途都在我心上。我已料着你神行的日期，专等你回报。切不可沿途耽搁，有误事情。

戴宗做贼心虚，知道蔡知府已经开始怀疑自己了。为了自保，戴宗一路上饥餐渴饮、晓行夜宿，直奔东京，因而不敢前往梁山报信。

后来，阴错阳差，戴宗误入朱贵的酒店，朱贵从戴宗身上翻出蔡九知府写给蔡京的书信以及戴宗的工作证，才将戴宗送上梁山，宋江身陷死囚牢的消息才被梁山"好汉"们知晓。

这大约就是整个事情的真实内幕。

宋江对戴宗不积极营救自己的行为清楚吗？

作为当事人，宋江当然清楚。

所以，我们从事后看宋江对戴宗的态度，就会明白一二。

按道理说，戴宗与宋江曾经同赴法场，是真正的同生共死关系，但事后宋江对戴宗表现得不冷不热,或者说是非常的客气。

宋江逃脱性命后,一一感谢众人相救。

他对戴宗是这样说的:

不想小可不才,一时间酒后狂言,险累了戴院长性命。

宋江不光向戴宗表示歉意,还一口一个戴院长地叫,让戴宗很不自在。

除了这些,宋江在分功请赏的时候,还要把原来蔡知府让戴宗带给蔡京的礼物特地还给戴宗。

取出原将来的信笼,交还戴院长收用。

戴宗是怎么表现的呢?

那里肯要,定教收在库内公支使用。

大家可以想一想,宋江对李逵、花荣等人什么时候这般客气过?

异乎寻常的客气,其实意味着疏远。

在以后的日子里,戴宗虽然和宋江处得也相对不错,甚至能称得上宋江的圈内人。但宋江却对其并不交心,只是让戴宗干一些具体的事务性工作,利用其具备的、别人没有的本领——神行法,为水泊梁山通风报信。

至此,戴宗成为梁山集团中一个正宗的"专业信息技术干部"。虽然戴宗在工作中也可能会接触一些核心秘密,但从本质上讲,戴宗不过是像神医安道全、玉臂匠金大坚一样的工具性人物,被排除在了决策层之外。

劫法场中的怪事
——江州法场到底是真劫还是假劫？

说起宋江在江州的故事，就不能不提江州劫法场。

这段故事被称为"梁山泊好汉劫法场，白龙庙英雄小聚义"。

故事的主要内容是说：

戴宗奉蔡九知府之命赴东京太师府报告宋江案件，半路被朱贵认出，带上梁山。

晁盖和吴用得知宋江身陷死牢后，为救宋江，决定伪造蔡京的回书，让蔡九知府将宋江押解到东京，以便路上解救。

但戴宗回去交差后，伪造的书信被蔡九知府和通判黄文炳识破，戴宗也被牵连下狱。

七月十八日，宋江和戴宗被押赴刑场，就在刽子手即将行刑的时候，晁盖亲率十七个头领赴江州城劫法场，将宋江和戴宗悉数救出。

各路人马在白龙庙聚会，最后齐上梁山。

从表面上看，这个故事表现了晁盖等人不忘宋江救命之恩，为救宋江倾力相助的深厚情谊，展示了梁山"好汉"义气深重的人格魅力。

但事实上，江州城劫法场的故事可能另有玄机。

因为江州法场更像是一场假劫。

我们先说一说《水浒》故事的特点。

《水浒》故事有个特点，就是相似性的故事很多，你只有把所有类似的故事读完，才能发现其中的奥秘。

如果仅仅研究一个故事，就事论事，就会陷入"只见树木，不见森林"的误区。

在整个《水浒》中，充斥着无数砸牢反狱和劫法场的暴力故事。

比如大名府解救玉麒麟卢俊义、东平府解救九纹龙史进。从这几个故事中，我们可以看到一个共同的特点，就是事前全都进行了周密的部署。

但唯独江州劫法场，事前好像根本就没做什么准备工作。

从场面上看，十七个头领，外加一百多个小喽啰，完全是一副看热闹的架式。

为什么这么说呢？

首先，劫法场的目的不是杀多少人，而是想方设法解救被捕者，并确保其安全。

从事先准备情况看，梁山"好汉"们既没有派出卧底买通狱吏确保宋、戴二人安全，也没有安排专门人员去对付行刑的刽子手。

如果不是李逵及时砍翻刽子手，恐怕街上一乱，宋江和戴宗早就人头落地了。

却见十字路口茶坊楼上一个虎形黑大汉，脱得赤条条的，两只手握两把板斧，大吼一声，却似半天起个霹雳，从半空中跳将下来。手起斧落，早砍翻了两个行刑的刽子，便望监斩官马前砍将来。

大家必须清楚，李逵那时可不是梁山的人，而是江州城的一个牢头，是宋江在狱中将其发展成自己人的。

换句话说，救宋江的不是晁盖，而是自己的兄弟。

再往下看，就更有意思了，众人救得宋江、戴宗后，竟然找不到退路，百十人被大江截在了白龙庙里。

按常理说，土匪作案是必须安排好退路的，可当晁盖率领着百十人到江州城作案得手后，竟然找不到退路，着实令人费解。

所有这些情形只能说明，晁盖一伙下山根本就没有打算去真劫法场。

那么晁盖为什么不劫法场还要带人下江州呢？

晁盖带人下山的目的不过是为了虚张声势，刁买人心罢了。

当年，晁盖、吴用等人智取生辰纲后，被政府通缉，多亏宋江通风报信，晁盖等人才得以脱身。当宋江被以谋反罪名准备就地正法时，晁盖如果不去相救，也显得太不仗义了，以后也将无法在江湖上立足。

但是，晁盖如果真的把宋江救上梁山，凭着宋江在江湖上的威望，晁盖的梁山第一把交椅恐怕注定是坐不长久的。

两难之中，晁盖选择了一个折中的办法来解决问题：

一方面调兵遣将，摆出一副血洗江州城的样子，亲率十七个头领和一百多喽啰兵秘密下山。另一方面，却又不对救人做任何部署，只等行刑的号炮一响，宋江的人头落地。

到时候，晁盖既可以对江湖人士有个交代，又可以避免把宋江引上梁山，对自己形成威胁，可谓一举两得。

其实，晁盖对宋江的态度早就有所表现。

当时，在吴用计划通过伪造蔡京书信的方式，骗蔡九知府将宋江押付东京的时候，萧让伪造好了书信，晁盖却突然要求在书信上盖个蔡京的图章。

晁盖道:"书有他写便好了,也须要使个图书印记。"

正是因为这个图书印记,伪造的书信才被黄文炳看出破绽,险些要了宋江的性命。

因为世界上,没有家人之间写信还要盖图章的。

难道晁盖没写过和接到过家书吗?否则怎么会在这么关键的问题上犯如此低级的错误呢?

因此我们完全有理由怀疑晁盖的做法是故意为之的,其目的无非是想制造破绽,借蔡九知府干掉宋江。

那么,吴用对晁盖的所作所为持什么态度呢?

事实上,吴用肯定是看出了晁盖的伎俩,明白晁盖的良苦用心,但由于晁盖的"一把手"地位,吴用无力与之抗衡,只好听之任之。

但是由于吴用想到自己的好友戴宗也将受此牵连,因此经过反复的思想斗争,在事后指出了书信的破绽。

正饭酒间,只是吴学究叫声苦,不知高低。众头领问道:"军师何故叫苦?"吴用便道:"你众人不知,是我这封书,倒送了戴宗和宋公明性命也!"

这时,戴宗拿着那封有致命破绽的书信已经离开梁山,晁盖估计借蔡九知府杀害宋江的目的基本可以实现时,在花荣、秦明等"挺宋派"的要求下,不得已派出了大队人马假劫法场。

但是令晁盖意外的是:半路之上杀出了一个李逵,把晁盖的计划全部打乱。

晁盖见李逵已经动手,只好顺水推舟,协助李逵将宋江救出。

对于究竟是谁救的自己,宋江当然清楚。所以当张顺、李俊等人齐聚白龙庙后，宋江竟然反客为主，不顾晁盖的反对，坚持攻打江州城，其目的无异于和晁盖公开叫板。

宋江起身与众人道："小人宋江、戴院长，若无众好汉相救时，皆死于非命。今日之恩，深于沧海，如何报答得众位！只恨黄文炳那厮，搜根剔齿，几番唆毒要害我们，这冤仇如何不报！怎地启请众位好汉，再作个天大人情，去打了无为军，杀得黄文炳那厮，也与宋江消了这口无穷之恨，那时回去如何？"

但是晁盖并不同意。

晁盖道："我们众人偷营劫寨，只可使一遍，如何再行得？似此奸贼，已有提备，不若且回山寨去，聚起大队人马，一发和学究、公孙二先生并林冲、秦明，都来报仇，也未为晚矣。"

宋江仍然坚持。

宋江道："若是回山去了，再不能够得来：一者山遥路远；二及江州必然申开明文，各处谨守，不要痴想。只是趁这个机会，便好下手，不要等他做了准备，难以报仇。"

这时"挺宋派"的人开始出手了。

花荣道："哥哥见得是。"

结果，因为支持宋江的人占了上风，梁山攻打江州城，大胜无为军，活捉了黄文炳。宋江在梁山的地位由此确立。

从此，宋江凭借自己的实力，成为足够与晁盖分庭抗礼的一支重要力量，正式走上前台，为最终成为水泊梁山的实际领导者奠定了基础。

梁山的庇护女神
——怎样理解"九天玄女"与神授天书?

我们在前面说了,宋江在经历了三番五次的推脱后,不管怎样,终于在江州法场逃脱后上了梁山。

宋江上了梁山之后,却并不安分。

没过几天就要去郓城接自己的父亲和弟弟,并且还是独自下山。

宋江的武功不高,也就是杀个妓女的水平,在梁山人马刚刚劫了江州法场的大背景下,宋江独自下山回家不是想找死,那就一定是吃错药了。

但不管怎样,宋江终究还是下山去了。

宋江下山去遇到的情况既在意料之中,也在意料之外。

说宋江遇到的情况在意料之中,是因为宋江果然遭遇了官军的围追堵截,险些又一次落入大牢。

说意料之外,是因为宋江在躲避官军的过程中,遇到"九天玄女",九天玄女不但帮助宋江脱离了险境,还授予宋江三部天书,给了他一个"星主"的称号,也就是一百零八个星宿的领导。

年轻时读到九天玄女和神授天书这段,总认为这些内容与神行太保戴宗的神行术一样,不过是吸引读者而加入的神秘主义元素罢了。

但事实上,"还道村受三卷天书,宋公明遇九天玄女"这段故事在

整个《水浒》中应该占有相当分量的,甚至可以说是宋江攫取梁山最高权力的关键一环。

为什么这么说呢?

事情还要从宋江上梁山的经历说起。

前面我们已经说过,宋江、花荣等人大闹青州道后,宋江因为害怕晁盖除掉自己,以父亲病故为由,不肯上梁山入伙。

等到江州城劫法场、白龙庙小聚义时,宋江感觉自己的势力已经足够大了,晁盖亦不能奈何自己了,便顺顺当当上了梁山。

上梁山之后,所谓的"好汉"之间的关系,并没有我们想象的那么融洽。

当时的情况是:

晁盖、宋江、吴用和公孙胜作为领导班子成员分坐一至四把交椅。其余的人按新人老人,分立左右。

左边坐的是:

林冲、刘唐、阮小二、阮小五、阮小七、杜迁、宋万、朱贵、白胜。

右边坐的是:花荣、秦明、黄信、戴宗、李逵、李俊、穆弘、张横等二十七人。

完全是"新公司"刚刚整合兼并后的架式——一块牌子,两套人马。

晁盖的人坐左边,宋江的人坐右边。谁的人就是谁的人,新旧两派泾渭分明。

从人数上看,宋江的势力虽然已经以 28:12 比例占有压倒性的优势,但宋江要夺取梁山的绝对控制权,还需要做更多的功课。

首先,毕竟自己初到梁山不久,强龙暂时还压不住地头蛇。另外,班子成员中除晁盖外，还有另外两个重量级人物——吴用和公孙胜。

此时宋江在梁山的地位远未达到他所希望的众望所归的程度。

宋江为了能够"振臂一呼，应者云集"，走了一条古代所有的反政府首领一样的道路——祭出神秘主义的大旗。

当年陈胜、吴广起义时还要使用"鱼腹藏书"的伎俩，并在半夜里学狐狸叫"大楚兴、陈胜王"，宋江要想在水泊梁山扬名立万，当然也会使用这些办法。

所以宋江以回家接父亲为名，下山去"邂逅"神女。

通过编造一通神话，为自己掌控八百里水泊做好思想准备工作。

那么，问题接着出来了，为什么宋江不说自己遇见太上老君或者观音菩萨，而非要说自己遇见九天玄女呢？

这主要是由各路神仙在仙界的不同职能决定的。

比如刚才我们说的太上老君，主要职能是在天上炼丹，要想迷惑祈求长生不老的信徒，宋江就会说自己是太上老君的传人，但问题是梁山好汉的首要任务是生存，而不是长生。

至于观音菩萨，她是东方爱与美的化身，梁山上的人很多仇视女性，说观音菩萨显灵是不会起什么作用的。

而九天玄女就不一样了。表面看起来，她好像不过是一个一般的天界女神而已，但事实上，她却是真正的战神。

根据记载，九天玄女主兵杀之职，据说她曾经帮助过黄帝战胜了蚩尤，她还有一个名字叫魃。

当时的梁山四面环敌，九天玄女正对水泊梁山人的胃口。

谁能在军事上带领大家取得胜利，谁就是大家心目中的首领。

宋江正是抓住了大家期盼胜利的心理预期，才弄出个九天玄女显灵的故事来。

有了这个故事，宋江就是战神的徒弟，如果大家不想被朝廷消灭，就必须听我宋江的，即使总舵主晁盖也不能例外。

虽然宋江后来也打了一系列败仗，但大家似乎仍然愿意相信他是九天玄女的嫡传，这并非完全得益于宋江的哄骗，更应归结于"好汉"们对胜利的渴望。

我们知道，人和神的差距主要体现在能力上。

宋江可以得到神人相佑，当然是当之无愧的领袖。

当宋江带着九天玄女神话传说和三部天书重回梁山的时候，梁山水泊就注定要改朝换代了。

晁、宋两大阵营明争暗斗，继王伦之后的又一场火并即将上演。

宋江的表演虽然高超，但却被精通神学的公孙胜看破，为了不卷入矛盾的旋涡，公孙胜委婉地提出回家看望老母的要求，为了防止宋江等人的阻拦，特地许下了自己百日内准回梁山的诺言。

但事实上，公孙胜百日之内并没有重回梁山，直到梁山派人三番五次地去请，才不得不重新入伙。

公孙胜下山的不正常行为，或许可以作为宋江阴谋夺权的最好佐证吧！

梁山为什么不收留时迁？
——权力斗争的白热化

时迁是《水浒》中一个很有特色的人物，此人最大的特色是轻功出众，能够飞檐走壁，高去高来。

在水泊梁山多次攻城拔寨和搭救同伙的活动中，时迁总是事先潜入城中，摸清情况，然后放火为号，里应外合，或大破对方城池，或成功救人。

有人甚至把时迁说成是《水浒》中的特种兵。

尽管后世的人们对时迁评价很高，但是《水浒》中时迁的地位却不怎么样，投奔梁山的时候差点没被允许入伙，晁盖还扬言要杀了时迁。

事情的经过，大家早已耳熟能详：

杨雄、石秀、时迁三人在投奔水泊梁山的过程中，由于时迁在客店里偷鸡引发了与祝家庄的冲突，时迁被捉，杨雄、石秀逃往梁山。

杨雄、石秀上梁山请求入伙，同时要求托塔天王晁盖下山搭救时迁。

但是晁盖听完事情的经过却一反常态，当年招募天下英雄、思贤若渴的豪情全然不见。

书上是这样写的：

晁盖大怒，喝叫："孩儿们！将这两个与我斩讫报来！"

梁山为什么不收留时迁？
——权力斗争的白热化

众人忙问原因，晁盖当时是这么说的：

俺梁山泊好汉自从火并王伦之后，便以忠义为主，全施仁德于民，一个个兄弟下山去，不曾折了锐气。新旧上山的兄弟们，各各都有豪杰的光彩。这厮两个把梁山泊好汉的名目去偷鸡吃，因此连累我等受辱！今日先斩了这两个，将这厮首级去那里号令……

晁盖的话透露出两层意思：一是时迁和杨雄、石秀，本领低微，在与祝家庄的冲突中失败，丢了梁山的面子；第二，杨雄、石秀、时迁三个人的行为不检点，干的这些偷鸡摸狗的事辱没了梁山的一世英名。

对于晁盖的说法，我们可以提出严重质疑。

先说晁盖嫌杨雄三人没本领的事吧。

梁山"好汉"有本领的不少，没本领瞎混饭吃的也大有人在。

比如打虎将李忠，一听"打虎将"的名字，足能吓倒一排人。可事实上，李忠不过是个打把式、卖膏药的艺人。李忠最早做过史进的开手师傅，基本上已经把史进带到沟里去了。要不是后来王进将自己的武艺倾囊相授，史进估计也早到街上卖膏药去了。

从后来李忠上梁山的表现来看，两军对垒，李忠根本就没有过胜绩。

但是，就是像李忠这样水平的人也照样可以在梁山安身立命。

事实上，杨雄、石秀和时迁各有专长，本领出众，与混饭吃的李忠简直是天壤之别。

接着说丢面子的事。

时迁偷鸡固然不对，但梁山之上比偷鸡影响更坏的事情比比皆是：众头领杀人越货、王英屡次试图强抢民女，如果把宋江装疯的事算上就更让人觉得恶心了。

事情是这样的：

宋江当年在浔阳楼上题写反诗被抓，为了逃避颠覆国家安全的罪责，宋江不惜跳到粪坑里装疯。

而且，更为可笑的是，装疯还没装到底。在被蔡知府一顿棍棒伺候的情况下，马上全盘招认了。

面对官军的进剿，如果梁山之上再多些像宋江这样的软骨头，水浒大寨早就该不攻自破了。

宋江的行为对梁山的辱没是不是更大呢？

所以我们说晁盖不接受时迁等人的理由完全是不合逻辑的。

那么，到底是什么原因让晁盖对时迁、杨雄、石秀等人如此反感呢？

晁盖拒收时迁等人，其实是水泊梁山内部斗争白热化的写照。

整个事情的经过我们前面说了，宋江上山以后与晁盖实际上是一块牌子，两套人马。

面对宋江咄咄逼人的势力，晁盖深感力不从心。为了能够与宋江的势力相匹敌，晁盖也极力招兵买马，扩大自己的势力。

比如，李逵下山省亲的过程中，朱贵将自己的弟弟朱富以及师傅李云发展上山。由于朱贵是晁盖的人，朱贵发展的朱富和李云，自然坐在了左边旧头领那里。

众多好汉大喜，便教杀牛宰马，做筵席庆贺两个新到头领。晁盖便叫去左边白胜上首坐定。

晁盖的队伍虽然添了新丁，新旧势力的比例变成了 28:14，但是这个比例仍然很是悬殊。

同时，宋江扩大自己势力的行动并丝毫没有停止和放松，曾多次派李逵、戴宗等人下山拉人发展队伍。

这不，戴宗去了一次蓟州就将杨林、裴宣、邓飞、孟康4位"好汉"和几百喽啰兵收至麾下。

实力天平更加向着宋江一方倾斜了。

好不容易得来的 14:28，转眼之间一下就变成了 14:32。

这还不算，如果杨雄、石秀、时迁加盟，双方比例马上就会完成 14:35。

面对宋江实力的极速膨胀，晁盖再也按捺不住内心的怒火了，照这样的趋势发展下去，用不了多长时间，整个梁山的右边一排就得坐满。

所以，晁盖把一肚子怨气全都撒在了杨雄、石秀身上，对着他们大喝：给我拉出去砍了！

晁盖要斩投奔自己的兄弟，宋江当然要出来阻止。对晁盖说：

不然。哥哥不听这两位贤弟所说，那个鼓上蚤时迁，他原是此等人，以致惹起祝家那厮来，岂是这二位贤弟要玷辱山寨！我也每每听得有人说，祝家庄那厮要和俺山寨敌对。即日山寨人马数多，钱粮缺少，非是我等要去寻他，那厮倒来吹毛求疵，因而正好乘势去拿那厮。若打得此庄，倒有三五年粮食！哥哥权且息怒。

宋江的意思是说：时迁偷鸡不对，但和杨雄、石秀没有关系。并且攻打祝家庄利大于弊，祝家庄里的粮食足够水泊梁山吃上三五年的。

看到了宋江表态，吴用和戴宗赶紧帮腔。

吴用说："兄长之言最好。岂可山寨自斩手足之人？"

戴宗便道："宁可斩了小兄弟，不可绝了贤路。"

众头领力劝，晁盖方免了二人。

宋江明知晁盖无理取闹，还得安慰杨雄、石秀，说：

贤弟休生异心！此是山寨号令，不得不如此。便是宋江，倘有过失，也须斩首，不敢容情。

杨雄、石秀称谢。

至此，梁山之上的这一出闹剧才宣告结束。

打完官军灭江湖

——宋江是如何平灭三山的？

占山为王的日子看着逍遥自在，按梁山"好汉"的话说，叫"大块吃肉，大碗喝酒，整套做衣服"。

这只不过是他们的乐观主义精神而已。水泊梁山的日子其实并不好过。

首先，要对付官府的围剿。一批一批的官军将领本领高强，今天来个大刀关胜，明天来个宣赞，这些已经足够你应付了。

除了这些名将不算，官军将领中还个个身怀绝技，一会来一个会用连环马的呼延灼，逼得你就不得不想办法去找钩镰枪；过一会再来一个能呼风唤雨的高廉，你就得千方百计去请公孙胜。好容易对付了陆军，朝廷不久又派来了以轰天雷凌振为首的炮兵，刚想办法击败了炮兵后，八百里水泊中又出现了驾驶着"海泥鳅"的大宋水军。

其次，还要面对梁山内部的纷争。一百单八将中绝大部分都是杀人越货之徒，稍不小心，就有可能发生火并和内讧，身首异处。

其实，梁山面临的威胁还不仅仅是这些，与他们同样干着打家劫舍生意的其他黑道人马也时刻窥视着梁山。

与梁山不远的地方就有一些割据武装，分别是二龙山、桃花山、白虎山和少华山。

其中二龙山的实力最强，强主要强在头领上。二龙山不但头领多，而且个个武艺高强。花和尚鲁智深、青面兽杨志和行者武松，个个都有万夫不挡之勇。

三个大头领之下还有四个小头领，这四小头领也很著名，分别是：金眼彪施恩、操刀鬼曹正、菜园子张青和母夜叉孙二娘。

论实力，足可以与梁山初期的势力相提并论。

与二龙山相比，桃花山和白虎山的实力似乎要弱一些。桃花山只有一个喜欢声色犬马的小霸王周通和一个江湖上打把式卖艺的李忠。

白虎山有孔明、孔亮兄弟两个人，这两个人看不出有什么本领，而且也没有什么当土匪的经验。

但是这三个山头的人马如果联合起来，就是一股强大的势力了，足可以对梁山构成相当大的威胁。

所以宋江在破了呼延灼的连环马之后，就开始着手进行收编"三山"的工作。

从表面上看，三山的联合似乎是呼延灼促成的。

呼延灼败于梁山之后，为追回被桃花山盗去的御赐宝马，急忙向青州的慕容知府求助，借兵攻打桃花山。

桃花山抵挡不住呼延灼的攻势，便向二龙山求助，鲁智深率众人杀退呼延灼。

偏偏在这个时候，孔明、孔亮兄弟为救叔叔孔宾开始攻打青州城，攻城失利之后也去求助二龙山。

二龙山为了打破青州城被迫邀请水泊梁山参与。

宋江派出大队人马袭取青州，活捉了呼延灼，杀了慕容知府，最后二龙山、桃花山和白虎山的人马齐上梁山。

整个场面颇有些黑社会抱团取暖的味道。

但事实上，真正促使三山人马齐上梁山的不是呼延灼，而恰恰是水泊梁山。

下面说说我的证据：

第一，大家只要稍稍动动脑筋就知道，梁山如果真的是为了帮忙，打完青州后，就应该让各山头的弟兄们各自回家才对，而不能一齐奔梁山。

对于三山的人马来说，本来已经割据多年，自己好好创立的公司，为什么非要被别人兼并呢？

并且，当时青州已破，政府军实力大减，青州地盘上的反政府势力发展空间无限。偏偏在这个关键的时间点上，三山人马全部放弃青州，整整齐齐地远遁梁山，这里面是不是另有玄机呢？

第二，我们说当时呼延灼的连环马已经被徐宁的钩镰枪杀得大败，一个人落荒而逃。

明明已经毫无斗志的呼延灼本应无心恋战，但就是因为桃花山的土匪偷了他的御赐宝马，所以呼延灼不得不四处借兵攻打桃花山。

偷马的事，不排除是梁山所为。梁山这样做的目的，就是想制造矛盾，诱使呼延灼攻打桃花山，试图通过呼延灼的大兵压境给桃花山制造压力，以便从中渔利。

第三，桃花山在二龙山的帮助下，明明已经杀败了呼延灼，两山人马为什么却又不得不转身再帮白虎山？

我们知道白虎山的孔明、孔亮和宋江的关系绝非一般,宋江杀了阎婆惜后曾经在孔家庄躲藏了相当长的一段时间。

因为孔氏兄弟与宋江的特殊关系,孔氏兄弟极有可能在宋江的授意下,故意扩大战事,以战事为由,绑定二龙山。

第四,二龙山求助梁山的意见出自杨志的口中,我们更有理由判断这是一次有预谋的事件。

前面我们说过,杨志和晁盖、吴用本是一家,智劫生辰纲完全是杨志自导自演的一出监守自盗的闹剧。

在攻打青州吃紧的时候,杨志突然站出来很是意外,杨志说出话更令人意外。

杨志说:

若要打青州,须用大队军马,方可打得。俺知梁山泊宋公明大名,江湖上都唤他做及时雨宋江,更兼呼延灼是他那里仇人。俺们弟兄和孔家弟兄的人马,都并做一处。

杨志不但直接提出了向梁山求救,而且还指出要彻底归顺梁山。

这时,二龙山的一把手鲁智深说了四个字:

正是如此。

就鲁智深而言,肯定不愿放弃自己的山头和自己独立开展的事业,去给晁盖、宋江打工。

但是这时的鲁智深已经没有别的办法了。

因为自己的周围全是梁山人了:

二把手杨志与梁山本是一伙,三把手武松与宋江关系更铁,宋江在柴进庄上避难时,就与武松拜了把子。

至于下面的四个小头领更与梁山有千丝万缕的联系：

施恩、张青、孙二娘是武松的好朋友，武松的想法，这三个人肯定坚决赞成。操刀鬼曹正是林冲的徒弟，对于上山投奔师傅的建议，曹正更是举双手赞成。

此时，鲁智深已经被架空，在是否投奔梁山这个问题上已经没有什么发言权了。

在外部，晁盖、宋江不停地制造矛盾，试图将二龙山拉入与呼延灼的军事斗争上来；内部又策动亲梁山派向梁山求救，使之就范。

在二龙山不得不做出邀请的情况下，宋江亲率五路大军攻打青州。

作为败军之将的呼延灼哪是水泊梁山的对手，呼延灼雪中被擒，青州城门被赚开，慕容知府死于非命。

打下青州不但收获了大量钱粮，而且一举收服三山，水泊梁山从此在山东一家独大。

熟悉的陌生人（一）
——告诉你一个真实的李逵

前面说了一大堆《水浒》中的一号人物——宋江，现在和大家谈谈《水浒》中的最佳配角吧。

《水浒》中的最佳配角应该非李逵莫属。

李逵在一百单八将中列第二十二位。虽然排名不高，但李逵却深受人民群众的喜爱。

凭借戏剧、评书等各种艺术形式的传播，一提起李逵，大家可能首先想到的是一个手提两把板斧的黑大汉、一个性情火爆、点火就着的"黑旋风"，一个心直性耿、忠肝义胆，能为弟兄两肋插刀的憨直"铁牛"。

其实，这些印象与《水浒》中真实的李逵既相同，又不同。所以李逵对于我们来说，完全是一个熟悉的陌生人。

说大家熟悉李逵，是因为我们熟悉李逵的外貌、熟悉李逵的性格，因为《水浒》中的李逵外在形象和性格与我们理解的人物是相符的。

我们说大家对李逵陌生，是因为实际上李逵的本领、品质及其内心世界与人们对他的定位有着天壤之别。

我们还是先给李逵画个像吧！

第一，李逵基本上没什么本领。

就说他使用的兵器吧。

俗话说："一寸长、一寸强"，即使没什么武功的宋江下山回家时还忘不了带上一把朴刀。

朴刀是北宋的常规兵器，其特点就是刀柄很长，可以远距离格斗，杨志、卢俊义等人也都惯用此种兵器。

而李逵却反其道而行之，拿两把斧子上阵，我们想破大天也不知两把斧子除了斗殴还能干些什么？

别看《水浒》里表面上把李逵写得八面威风，但那全是给人的错觉。

李逵既不像林冲、杨志那样出身职业军人、受过专门的格斗训练，也不像史进、曹正那样，虽不是科班出身，但爱好武术、潜心钻研，并且受到过高人指导。

史进的师傅是王进，王进是八十万禁军教头，在《水浒》中第一个出场，其本领十分了得；操刀鬼曹正的师傅是林冲，林冲的功夫在《水浒》中绝对属于一流，所以史进和曹正的本领也接近于一流。

而李逵从出身上讲只不过是个监狱协警，没有习武环境，而且，我们在《水浒》中也没有看到任何李逵习武的记录。

所以，我们从李逵闹江州出世的那天起，一直到喝毒酒魂归蓼儿洼为止，虽然经历了无数东征西杀，但基本上很少临敌对阵，在为数不多的几次打斗中，也多以失败告终。在攻打大名府的过程中，被索超手下的一个名不见经传的王定就打得落花流水。

第二，李逵的品行非常恶劣。

水泊梁山中绝大多数的人都是有案底的犯罪分子，但同样是罪犯，

品行也有高低之分。

鲁智深路见不平拔刀相助而引发命案，总的来说是就该属于"见义勇为"型的；宋江杀死自己的二奶，负命案在身就有点拿不上台面了；品行最差的应该是王英、周通，干的都是抢人家大姑娘、小媳妇的事。

李逵虽然和王英、周通不太一样，但也属于品行最差的一类。

李逵一出场就在向人借钱，借钱的目的是赌博，但还要编出一套瞎话来，说：

我有一锭大银，解了十两小银使用了，却问这主人家那借十两银子去赎那大银出来，便还他，自要些使用。

自己的十两大银换成碎银已经花了，还要借钱换大银有什么意义呢？

好比你有一张百元大钞，到银行里换成零钱，到家买粮、买米，把钱用光了。

这时，你说："我还有一百块钱放在银行里呢，我得借钱把那张百元大钞换回来。"

听了李逵的这段话，我们一定不会觉得李逵弱智，而是觉得李逵把别人都当成弱智了，他不仅无赖而且狡黠。

宋江借给了李逵银子，李逵就去拿了赌博。

没一会就输光了，并且李逵的赌风还不好，并不认赌服输，输了之后，还抢了人家二十两银子回来。

与宋江在浔阳江头听歌女唱歌时，就因为别人听歌入神，不理会他，李逵就把卖唱女宋玉莲推个跟头，小宋登时摔晕。

如果在工作和生活中遇到李逵这样品行的人，你愿意和他共事吗？

第三，生性残忍，嗜杀嗜血。

按照进化论的观点，人是由动物进化而来的，所以人性中总会含有一定的兽性成分。

但李逵身上兽性的东西实在太多，甚至早已压过了人性。

《水浒》中血腥、残忍的场面很多，但这些场景几乎次次都与李逵有关。李逵身上最大的特点其实就是反人性。

李逵先是活剐了无为军的通判黄文炳。

便把尖刀先从腿上割起，拣好的就当面炭火上炙来下酒。割一块，炙一块，无片时，割了黄文炳……

血腥的并不仅仅这些，我们还是引用两句就算了吧，只怕引起大家的不适。

以后，李逵路遇李鬼，先打死李鬼，后来又吃李鬼身上的肉，更是令人发指。

除了这些，李逵还干了两件丧尽天良的事。

一件事是为了把在沧州牢城营服刑的美髯公朱仝诳上梁山，竟然无缘无故地杀害了沧州知府的四岁孩子。

具体的过程十分残忍和卑鄙：

李逵在朱仝与小衙内玩耍的时候，从朱仝手中骗出小衙内，在树林里将小衙内的脑袋用斧子劈成两半。

另一件事是李逵在与燕青从东京回梁山的过程中，在四柳村庄的狄太公家借宿，发现狄太公的女儿狄小姐与本村村民王小二通奸，李逵遂将狄、王二人全部杀死。

杀完人还不算，李逵还要辱尸。

提婆娘尸首和汉子身尸相并，李逵道："吃得饱，正没消食处。"就解下上半截衣裳，拿起双斧，看着两个死尸，一上一下，恰似发擂的乱剁了一阵。

最后，杀了狄太公的女儿，还要求狄太公摆酒感谢，狄太公迫不得已，只得安排酒食相待。

这段故事在《水浒》的第七十三回里，题目叫"黑旋风乔捉鬼，梁山泊双献头"。

第四，李逵并不义气。

行走在社会上，你会发现，越是整天标榜自己如何讲义气的人，其实大都并不义气。这些人宣扬自己义气的目的只是为了人为地制造一个义气氛围，要别人与他交往时对他讲义气罢了。

李逵就是这样的人，张口闭口就是那句话：不能坏了义气。

但是除了对宋江讲义气外，我们仿佛再没见过他对谁有过义气。

其实李逵对宋江的义气，其实也并不是义气，而是势利。

以强者为伴是李逵的信条，如果宋江不是梁山上的实际控制者和后来的"一把手"，李逵会对宋江忠心耿耿吗？

无德无能、残忍嗜血、庸俗势利，这才是李逵的真实形象。

熟悉的陌生人（二）
——李逵的伎俩

像李逵这样无德无能的恶棍本应人人唾弃，但他却能在梁山上混得风生水起，令许多有识之士为之汗颜。

那么李逵是怎么成功的呢？这里面又有什么门道呢？下面听我一一道来。

一、傍大树，当奴才

我们知道李逵是个"监狱协警"，长期生活在主流社会与黑社会的边缘，见到了很多社会的阴暗面。他知道像自己这样一无是处的人要想出人头地，唯一的办法就是给别人当奴才。

所以李逵的路数很简单，也很有效，就是"傍大树"。

俗话说得好："主大奴大。"当主人成功了，自己的地位也就提高了。

结识宋江后，李逵就开始不遗余力地为宋江卖命。

因为李逵知道，有多大本事，立多少战功都不如把领导伺候舒服了，所以李逵的主要精力就是围着宋江转。

作为宋江,手边当然需要奴才,李逵是最适合的人选。

原因很简单,越是一无是处、毫无群众基础的人,一旦提拔了,就越会跟着我宋江走。

所以两人一拍即合,结成同盟。

二、功高莫大于救主

江州劫法场一役,李逵大显身手,是救宋江的最主要人物。宋江也好,众人也罢,从此对李逵肯定另眼相看。李逵遇到困难,对着宋江上来就是一句:

我在江州,舍身拼命,跟将你来,众人都饶让你一步!我自天也不怕!

其实李逵救宋江还不只这一次,在"二打祝家庄"的时候,扈三娘偷袭宋江,刚要下手的时候,李逵来了。

只听得山坡上有人大叫道:"那鸟婆娘赶我哥哥那里去!"李逵抡两把板斧,引着七八十个小喽啰,大踏步赶将来。一丈青便勒转马,望这树林边去。

有过多次救主的经历,李逵再坏,别人也不会把他怎么样。

三、宋江不好意思出面的事,由李逵来办

我们知道,宋江为了当上梁山的"一把手",费尽周折,耗尽心机。

虽然宋江自己做了很多工作,但当"一把手"的事总要有人出面主张才好。

李逵当仁不让,多次"仗义执言",把宋江的心里话说了出来。

当卢俊义活捉了史文恭后,按照晁盖遗嘱,梁山的"一把手"就该让给卢俊义。宋江自己明明不愿意,但却不能说话,为难之时,李逵站了出来。

李逵说:"哥哥休说做梁山泊主,便做个大宋皇帝却不好!"

宋江假意拦阻。

大怒道:"这黑厮又来胡说!再若如此乱言,先割了你这厮舌头!"

宋江表面发怒,实则喜在心里。

此后,李逵又叫道:"哥哥便做皇帝,教卢员外做丞相,我们都做了大官,杀去东京,夺了鸟位子,却不强似在这里鸟乱!"

您看,李逵安排得多好呀,把宋江和卢俊义的位次都排好了,主子宋江能不高兴?

四、炒作,渲染,大做表面文章

李逵的本领不高,全是些打架斗殴的本事,但是大家却往往认为他是一员猛将。

这是为什么呢?原因在于他善于炒作。

先是在兵器上,李逵选择了两把斧子,这里面就有门道。

斧子在兵器中最显暴力,这一点我们可以从"法西斯"的标志上得到验证,法西斯产生于古罗马时期,其标志就是集束棍棒中插着的斧头,代表集权中产生的暴力。

从中我们足可体会到斧子的深刻含义。

除了选择一个没有什么实际用途,却很有象征意义的兵器外,李逵每次上阵还要大肆渲染一番。

具体说,就是赤膊上阵。

还没见到敌人,就先脱得赤条条的,目的是为了表现自己的勇猛。当然还不要忘了骂上两句。

比如"一打祝家庄"时的场景是这样的:

李逵脱得赤条条的,挥两把夹钢板斧,火刺刺地杀向前来。到得庄前看时,已把吊桥高高地拽起了,庄门里不见一点火。

李逵拍着双斧,隔岸大骂道:"那鸟祝太公老贼!你出来,黑旋风爷爷在这里!"庄上只是不应。

李逵的这种炒作、渲染的作用不小,但是也有出问题的时候,攻打曾头市的时候,因为赤膊上阵,被曾升一箭,射到腿上,轰然倒地。

五、冷血变态,威慑众人

李逵是个变态杀人狂,总用一些令人发指的手段杀人。

但是大家需要注意的是,被李逵残忍杀害的人一般不是百姓就是俘虏。

当然这和李逵本领不高有关,因为有点能耐的人他也抓不住。

越是没本事,李逵就越需要在众人面前显摆自己,所以他选择了残忍。

残忍的目的无非是告诉大家,别人做不出的事情,我可以做,以此向众人示威,威慑众人,求得自己心理上的平衡。

熟悉的陌生人（三）
——李逵才是害死母亲的凶手

《水浒》整部书的特点是因人物而独立，故事之间虽然相互联系，但也相对独立。

比如一开始写鲁智深，从拳打镇关西开始，一直到开封大相国寺倒拔垂杨柳为止，然后再写林冲，从林娘子被高衙内调戏，写到风雪山神庙后被逼上梁山。接着又写杨志、宋江、武松……颇有些单本剧的味道。

单本剧的形式后来也用到了李逵身上，但笔墨不多，只有一章。这一章的题目叫做"假李逵剪径劫单人，黑旋风沂岭杀四虎"。

主要是讲：

李逵回家接老母亲上梁山，先是在路上遇到一个假冒自己名字拦路抢劫的李鬼，李逵杀死了李鬼。然后回家接出老娘，在走至沂岭时，遇到老虎。李母被老虎吃掉，李逵一怒之下杀死四虎。

这个故事虽然大家熟悉，但恐怕没有太多的人理解其中的真正含义。

人们对这一回的认识往往停留在打假和孝道上。

认为李逵杀李鬼是地道的打假行为；李逵连杀四虎是其孝道的具体体现。

但事实恐怕并非如此，李逵杀李鬼可能并不是什么打假行动，李逵半夜过沂岭也不是出于孝行，并且，李逵恰恰是害死自己母亲的真正元凶。

也许有人会说我胡说八道，但事实上，我说的观点都是有充足论据支撑的。

那么为什么说李逵害死了自己的生身母亲呢？

下面，请耐心地听我把这个故事讲完。

一、李逵下山接母的五大疑点

第一，李逵下山接老母的动机不纯。

李逵接母亲上山并非出自本心，而是在宋江接老父上山，公孙胜回家看望老母的背景下发生的，完全是一种被裹挟式的行为。

什么是裹挟式行为呢？

就是说，在一个环境中，因为周围的人都在做同样的一件事情，自己虽然明明不想去做这件事，但由于受到氛围的影响，也跟着不得不去做同样事情的行为。

试想，如果李逵真的思念母亲，不愿母亲在农村受苦，他完全可以在江州时就把母亲接来。当时李逵虽然犯法，但已被赦宥，而且在江州牢城营里当上了一名"监狱协管"。

当时的李逵拿着政府提供的薪水，是有足够条件赡养母亲的。

宋江与李逵初次见面时，李逵可以拿着十锭大银出去赌博，为什么不能把老母接来江州呢？

我们可以得出这样的结论：李逵后来之所以要接母亲上山，并不是

发自内心的去尽什么孝道,而是在宋江接了宋太公,公孙胜说要回家看望母亲的背景下,自己为了不在众人面前丢了面子,才下山去接母亲的。

可能有人会说,李逵害怕丢了面子就要做违心的事吗?

答案是肯定的。

因为李逵是一个把面子看得极重的人。

前面我们说了,李逵没什么本事。

大家记住,越没本事的人,往往越要面子。

李逵因为没有本事,怕别人小瞧自己,所以只好在面子上做文章。

前面我们提到,李逵打仗打不过对方,就把心思放在残害百姓和俘虏上。几次劫法场,杀死的官军不多,更多的是百姓。

还有刀剐活人,吃人肉,目的就是让大家敬畏自己。

我们返回来再说李逵接老母的事。

既然宋江、公孙胜都孝敬,那么我李逵当然也是个大孝子呀!所以我也一定要接老母上山。

就是因为李逵接母亲上山的目的不纯,才引发了以后的悲剧。

第二,李逵接母上山是否必要?

晁盖安排人接宋江的父亲宋太公上山是因为宋江是被通缉的重案要犯。按照大宋法律规定,宋太公一家是要负连带责任的。

用宋太公的话说:

本县差下这两个赵都头,每日来勾取,管定了我们不得转动。只等江州公文到来,便要捉取我父子二人下在牢里,听候拿你。

赵都头是郓城县的刑警队长,警方只等拿到江州的批捕手续,就计划将宋太公一家押监入狱。

所以梁山"好汉"要把宋太公和宋清接到山上,进行必要的保护。

而李逵呢?

他的情况与宋江是完全不同的。

李逵流落异乡,与家中断绝音讯已经十几年了,李逵在外面闹出的事再大,对家里也基本构不成什么影响。

我们从后来李逵的哥哥李达的话中也证实了这一点。李达说:

前日江州行移公文到来,着落原籍追捕正身,要捉我到官比捕;又得财主替我官司分理,说:"他兄弟已自十来年不知去向,亦不曾回家,莫不是同名同姓的人冒供乡贯?"又替我上下使钱。因此不官司仗限追要。

官府已经认为李逵与家庭已经在事实上脱了关系,李逵回家露面,不仅不能解决任何问题,只能给哥哥和母亲增添新的麻烦。

第三,李逵接老母上山是否现实?

李母双目失明,在年龄上至少也得年过六旬。把这样一个残疾老太太接去山寨,远离文明社会,是极不现实的。

并且李母本身也不愿儿子去做强盗。

李逵和母亲见面后,李逵寻思道:

"我若说在梁山泊落草,娘定不肯去;我只假说便了。"李逵应道:"铁牛如今做了官,上路特来取娘。"

如果李母知道李逵在梁山整天被官军追剿,还不得吓个半死?

在这种情况,李逵将母亲接到山上不知是为母亲好,还是要害母亲?

第四,当时的形势下,李逵单枪匹马是完不成接母上山的任务的。

李逵下山时适逢梁山"好汉"们刚刚闹了江州,劫了法场。社会上严打风声正紧,在通往水泊梁山的要道上官府势必层层设卡。

晁盖接宋太公一家动了二百多名喽啰兵，可见风声之紧、形势之险。这时，李逵却要一个人下山接老母上山，简直无异于痴人说梦！

第五，沂岭遇虎是否蹊跷？

李母是在过沂岭时遇害的。

据说是因为李母口渴，李逵不得不放下母亲，独自找水。

此时，老虎出来寻食，母亲一下被老虎吃掉了。

我们不禁要问，深更半夜的，在一个荒山野岭里，把一个双目失明的老太太独自放在山里是否妥当？

如果要找水，李逵完全也可以带母亲一起去的。

可李逵却违背常理，将母亲放在一边，里面的疑点实在太大。

二、李母遇害的情况复原

针对上述疑点，对于李母遇害的最为合理的解释，应该是这样的：李逵为了不在众人面前跌份儿，回家去接母亲上山。

但在回梁山途中，发觉母亲对自己是个拖累，故意把母亲放在山上老虎出没的地方，让老虎吃掉。

可能有人会说我的想法纯属臆测，哪有亲儿子会害死生身母亲的？

那么等我再说一说同一章节中关于李鬼的故事，你就会豁然开朗的。

施耐庵将李鬼的故事放在李母之死一节，看似不着边际，但其实这里面是很有讲究的。

如果我们单纯地认为施老只是想把一个"打假"的故事随意放在李母遇害的章节里，就大错特错了。

李逵的下山经历其实很多，比如，曾经和吴用下山诓骗卢俊义，与戴宗一起去请公孙胜回山，和燕青下山去泰山打擂，把李鬼的故事安排在这些下山途中不是很好吗？

但施老却要偏偏把这个故事放在李母遇害的一节，其目的绝不是为了阐释一个"打假"的概念。

那么施老打算告诉我们什么呢？

我们先来看李鬼这个名字吧！

世间贱名、脏名、坏名不少，但还没见过谁起名叫"鬼"的。

李鬼不但也与李逵同姓，从外貌上长得还与李逵极为相似。

戴一顶红绢抓儿头巾，穿一领粗布衲袄，手里拿着两把板斧，把黑墨搽在脸上，活脱脱一个真李逵的形象。

读到这里，我们是不是很容易就能联想到《西游记》里的真假美猴王？

同样的装束，同样的打扮，最后同样被真品打死。

有人因此说假美猴王其实就是真猴王的另一个人格化身，代表着猴王邪恶的一面。

那么这与李鬼之于李逵也应该是同样的道理。

李鬼其实就是李逵的另一个人格化身，是李逵的鬼影。

李鬼劫道、劫财、滥杀无辜，并且没什么本事。这一点和李逵极为相似。

施老表面上写的是李鬼，实则在变相大骂李逵。说李逵没有什么本事，只会干些劫道的买卖，并且滥杀无辜。

施老讽刺了李逵这些恶行后，还借用李鬼之口，将李逵所标榜的孝道驳了个体无完肤。

具体情况是这样的：

当时，李鬼劫道时被李逵所伤。李逵本想杀死李鬼，但李鬼谎称家有九十岁的老母无人赡养，使李逵动了恻隐之心，放了李鬼。

可事实上，李鬼根本就有没九十岁的老娘，只是在山里和妻子劫掠为生。李逵知道李鬼说谎，并且还想杀害自己，一怒之下杀了李鬼。

如果我们说李鬼是李逵的另一个人格，那么也就是说，李逵也根本就没有想赡养老母。他的所谓孝道也不过是为了装装门面罢了。

我们再往下看，还有关于李鬼是李逵另一人格的确凿证据。

李逵单单杀死李鬼还不够，还要割下李鬼身上的肉，在炭火上烤熟了下饭吃。

这场面固然血腥，实属少儿不宜。但是我们却不能因为血腥而细读这一章节。如果我们细读起来，就会发现这一章中其实隐藏着许多鲜为人知的秘密。这些秘密对我们认识李逵，进而认识《水浒》整部书都是相当重要的。

后来李逵背着老母夜过沂岭，李母被虎吃掉后，也剩了一条腿，并有这样一首诗：

假黑旋风真捣鬼，

生时欺心死烧腿。

谁知娘腿亦遇伤，

饿虎饿人皆为嘴。

四句诗中前两句先说的是李鬼，然后就是一句娘腿，给人的感觉后面的娘，就是李鬼的妈。

这首诗其实是在影射逵、鬼本是一人的事实。

诗里的欺心这句话特别值得玩味,实际上是在说李逵满口的孝义,其实干的全是伤天害理、丧尽天良的事。这件事能是什么呢?

就是杀害自己母亲!

熟悉的陌生人（四）
——李逵的母亲究竟是个什么样的人？

李逵不但是《水浒》中的第一暴力机器，就是在整个中国文学史上，其暴力程度恐怕也无出其右者。

李逵嗜杀、嗜血几乎到了病态的程度。每次梁山有事，便大开杀戒，江州劫法场时：

不问军官百姓，杀得尸横遍地，血流成渠。推倒颠翻的，不计其数。

造就这样一个变态恶魔，首先是有社会基础的。因为黑社会里讲究的就是谁比谁更狠、谁比谁更毒。不逞强斗狠，哪能有自己的生存之地呢？

除对犯罪分子进行必要的社会层面分析外，我们还不能忽视其个体成因。

就拿李逵来说吧，他暴力变态固然有社会基础，但问题是，水泊梁山中普遍存在的那么多的犯罪分子，为什么别人都不像李逵那样嗜血？

这就需要我们对李逵这个个体进行相对细致的研究。

在我看来，李逵这种性格和品质的形成主要基于他的母亲，是因为李逵有了一位"伟大"的母亲，才培养出李逵这样的怪胎。

《水浒》里对李逵母亲的描述不多，有限的描写主要集中在《假李逵剪径劫人，黑旋风沂岭杀四虎》中，但这也足够让我们管中窥豹，通

过李母的一些只言片语来了解李母的为人了。

我们知道,《水浒》中人物的善恶在某种程度上是存在类别归属的。比如说,老年男人整体形象还都不错,像史进的父亲史员外、穆弘、穆春的父亲穆太公,儿子虽然都个性鲜明,有的甚至飞扬跋扈,但老太公和老员外们都乐善好施、慈祥善良。

而青年少妇则以荡妇居多,比如潘金莲、阎婆惜、潘巧云。

中老年妇女就更不怎么样了,帮助西门庆偷情、撺掇潘金莲杀夫的王婆、阎婆惜的母亲阎婆、史进的情人李瑞兰的母亲,全都是工于心计、见利忘义之人。

李逵的母亲也属于中老年妇女的范畴,那么一定也逃不出这个窠臼。种种迹象表明,李母也绝非良善之辈。

从表面上看,李母双目失明,是个非常值得同情的弱势老人,但李母的一些行为却令人不齿。

首先,李逵杀人之后,远遁他乡,十几年杳无音讯,在这十几年中,李母全由哥哥李达赡养。

但李母见了李逵却向李逵诉苦:

你的大哥只是在人家做长工,止博得些饭食吃,养娘全不济事!

我们知道,李达是个长工,家境不好,日子过得艰辛。但李达一家本分工作,生活安定,并且李达尽自己的所能赡养母亲十几年。按理说,对这样的人应该褒奖才对,但李母却把李达说得一文不值。

李母的话里实际上透着三层意思:

一是说李达无能,没本事,让自己多年来一直受苦;二是说李达对自己照顾不周,所以才有了上面那句话,"养娘全不济事";第三层意思没明说，但言语间透露出的内容是：希望李逵把自己接去过好日子。

李母的话一共才 25 个字，就是这简简单单的 25 字，施老便把一个颠倒黑白、搬弄是非、贪图享受的老太太活脱脱地勾勒在纸上了。

李老太太在对李达的态度上已经算是很不明事理了，在对待李逵的问题上，就更糊涂了。

俗话说：知子莫如母。

你儿子李逵是什么品行，当妈的心里应该是最有谱的。但李母一听李逵说自己做了官，就信以为真。

李逵说："铁牛如今做了官，上路特来取娘。"

娘道："恁地好也！只是你怎生和我去得？"

李逵道："铁牛背娘到前路，觅一辆车儿载去。"

李母也不想想，既然李逵都做了官，接母亲连辆车子都没有，这不明显在撒谎吗？也不符合中国传统的官本位习俗。

当李达当面戳穿李逵的谎言，说李逵在外又犯下重案，不让母亲跟他走时，李母却偏偏不信，岂不弱智？

通过对李母表现的分析，我们似乎可以看出李逵平时糊涂、偏执的影子。

接着，我们再来看看李母的性格。

李逵背着母亲走到半夜，李母口渴。

李逵说："老娘，且待过岭去，借了人家安歇了，做些饭罢。"

李母却不依不饶，说：

"我日中吃了些干饭，口渴得当不得！"

李逵说："我喉咙里也烟发火出；你且等我背你到岭上，寻水与你吃。"

李母说:"我儿,端的渴杀我也!救我一救!"

李母说要什么,必须有什么,容不得一点迟延,简直活脱脱的一个老妇版的黑旋风李逵。

看了李母的这些表现,我们就容易理解为什么会出现、会产生李逵这样的怪胎了。

最后,施耐庵之所以安排李母被老虎吃掉,是因为他清楚李母在李逵成长过程中的"重要作用"。

对李母结局的设计很有深意,读者可以将其理解为善有善报、恶有恶报的冥冥之中的合理安排。其目的无非是在警示后世的母亲们,一定要严于律己、以身作则。

水泊梁山中的同性恋
——宋江与李逵的断袖之情

我们说完宋江说李逵，说完李逵还得说宋江，之所以这样安排，是因为两个人的关系太亲密。

亲密到什么程度呢？是一种很难理解的水平：李逵见谁都犯横，但就是对宋江言听计从。而宋江呢？没有人能敢挑战宋江的权威，唯独李逵可以。

宋、李二人之间虽然可以用主奴关系、朋友关系进行解释，但很难自圆其说，因为两人关系远远超过领导与群众、朋友与同事的范畴。

在这一章里，我们着重分析一下二人的真实关系。

同性恋在当代中国虽然讳莫如深，但是在中国古代却是大行其道，不论正史野史，还是明清小说，同性恋的内容可谓司空见惯。

梁山好汉除了三个女人外，剩下的一百零五个全是男人，而且这些男人中，光棍居多，拖家带口者很少，在这样一个特殊的环境之中，同性恋也就不可避免地发生。

有人说卢俊义和燕青有断袖之情，但我看来，卢、燕之间的事情其实并无太多证据，而真正的同性恋却是大家都熟悉的宋江和李逵。

听着有点玄乎吧？

不过没关系,我的证据十分充足。

一、宋江并不好女色

"宋江杀惜"就是一个很好的证据。

当年宋江在郓城县政府任职时,曾经周济过阎婆母女。

当时阎婆想找个靠山安度晚年,就做主将女儿阎婆惜嫁给宋江。由于两人不是明媒正娶,且不被宋江的父亲宋太公承认,阎婆惜只是被宋江养作外室,用句今天时髦的话说,叫"包二奶"。

后来宋江之所以杀死阎婆惜,固然与阎婆惜要挟宋江送一百两黄金给自己、否则就向官府告发有关,但其深层次的原因似乎还是在于两人感情不和。

阎婆惜与宋江新婚燕尔,就与宋江的同事张文远勾搭成奸,着实令人费解。

其真实原因并不在于阎婆惜的水性杨花,也不在于张文远风流成性,而是因为宋江的性取向存在问题。

于女色上不十分要紧。

因为宋江冷落了阎婆惜,才导致阎婆惜的红杏出墙。

可能你会问了:为什么宋江明明不喜欢女人,还要将阎婆惜养为外室呢?

这除了当时阎婆惜的母亲阎婆一心想在郓城县找宋江这个靠山外,更主要的还与当时的社会环境密切相关。

当时的社会和我们今天有些地方的社会环境颇为相似——社会上流

行包二奶，有头有脸的人如果不包一个或几个二奶，就会被人看不起、被人笑话。

比如"鲁提辖拳打镇关西"里的赵员外，在外面养着金翠莲；再比如被朱仝用枷板打死的白秀英，是知县的二奶。武松在阳谷县当上了都头，潘金莲就开始挑逗武松说：

我听得一个闲人说道，叔叔在县前东街上，养着一个唱的。

从当时的社会情况看，宋江不管自己是否需要，仅仅为了个面子，也需要在外面养个情人。就像当下里许多贪官都要包二奶和包N奶一样，在他们的眼里，这才是成功人士的重要标志。

另外，宋江在未娶阎婆惜之前，可能并没有意识到自己的问题，在与阎婆惜同居的过程中，宋江逐渐认识了自己，这也为后来他与李逵的交往奠定了基础。

当然，我们也不排除宋江具有双重性取向，只是更偏重同性罢了。

二、李逵同样不好女色，甚至对男女之情表现出了相当程度的仇视

《水浒》对李逵的描写同样是不好女色。

而且李逵与宋江不同，其同性恋倾向非常严重，严重到了什么程度呢，他对正常的男女之情都表现了相当的不满和仇视。

就拿"黑旋风乔捉鬼，梁山泊双献头"这一回来说吧。

当时，李逵与燕青路过四柳村，借宿在四柳村的狄太公家里，狄太公向李逵、燕青诉说自己独生女被鬼魅缠住，想请李逵捉鬼。

结果李逵发现狄太公女儿原来是与本村一个叫王小二的男子通奸，李逵问明情况后，就将王小二和狄太公女儿全部杀死。

从李逵的行径看，表面上好像是怀有维护封建礼教、保持社会公序良俗的良好动机，但是我们细究起来就会发现李逵的心理是极其变态的。

狄太公女儿的问题，仅限于与王小二通奸，社会危害性相对不大，完全可以教育一下了事，王小二是否婚配也不得而知，如果两人真心相爱，完全可以通过将狄小姐嫁与王小二的办法解决问题。

但李逵却不问青红皂白把两个人给杀了。

退一步讲，李逵想杀人，可以杀了王小二，留下狄姑娘也算是对狄老太公的一个交代。

但李逵却将两人双双杀死。

李逵残忍行径的背后，反映出其心理的严重变态，他满脑子全是同性的关系，已经不能接受和容忍男女之间的正常感情了，所以他撞见了以后就一定要严厉惩罚。

三、李逵与宋江的感情是常理所不能解释的

宋江与李逵是在江州牢城营认识的，两个人最初的认识过程基本上还算正常。

宋江对李逵一见面采取的仍然是他对江湖人士的一贯做法——收买。

见面就给了李逵一锭大银，资助李逵去赌博。

李逵收了人家的好处，又有戴宗与宋江的关系，当然对宋江格外照顾。

这些完全是正常的路数。

但是两个人的关系接着发展下去，就变得非常不正常了。

众所周知，李逵完全是一架暴力机器，抡起两把板斧仿佛可以把整个世界毁掉，但奇怪的是，李逵在宋江面前却俯首帖耳，言听计从。最让人无法理解的是，宋江在得知自己喝下了御赐的毒酒后，竟然把李逵叫来，也让李逵喝下毒酒。

就宋江而言，别人害你，可你却凭什么要去害别人呢，而且害死的恰恰是自己的亲密兄弟。

更令人无法理解的是李逵，面对这个随随便便就可以剥夺自己生命、把自己拉去垫背的人，竟然毫无怨言，与宋江一起欣然共赴黄泉，最终两人同葬蓼儿洼。

如果我们把这些不合常理的事情放到同性恋的思路上去想，所有这些问题都会迎刃而解。

宋江邀李逵共死，完全可以理解为"生则同席，死则同穴"的情人之约；李逵得知自己喝下毒酒却毫无怨言，完全是殉情的表现。

宋江杀死李逵，完全是"一个愿打，一个愿挨"，正直的后世人大多谴责宋江在这件事上的卑劣行径，却忘了这其间另有隐情。

四、李逵与宋江的两次矛盾，更加印证了两人的真实关系

我们说李逵一直对宋江俯首帖耳、言听计从，但李逵也有与宋江闹矛盾的时候。

矛盾一共只有两次，而且这两次都与女人有关。

在两次矛盾中李逵表现得非常激烈,每次都是抡着两把破斧子大闹,很有些中国女人面对出轨丈夫一哭二闹三上吊的味道。

如果我们仅从表象出发,简单地认为李逵鲁莽、草率,就大错特错了,其实这两次矛盾全部是两人断袖之情的具体体现。

我们先来看一看宋、李之间的第一次矛盾。

宋、李两人的第一次矛盾是因为宋江密会李师师。

当时,宋江为求朝廷招安,苦于正当渠道被蔡京、高俅等人封堵,被迫打起了与宋徽宗关系极好的京城名妓李师师的主意。

元宵佳节,宋江与柴进、燕青来到李师师家中与之接洽,戴宗、李逵在门前等候。

在等候的过程中,李逵竟然在李师师家门前放起了一把大火,接着在街上行凶,打了杨太尉,大闹东京城,一副吃错药的模样。

从表面上看,李逵恼怒是因为苦乐不均,宋江、柴进与美人饮酒,自己却与戴宗在门外苦等,但是,仅仅因为这点分工问题,李逵就值得大打出手吗?

如果不是鲁智深、武松、刘唐杀进城内接应,宋江、李逵等人应该早被官军捉住了。

李逵其实是在小题大做,举动近乎疯狂的背后,是他和宋江之间赤裸裸的同性恋关系。

李逵以为宋江移情别恋,爱上了李师师,所以才不顾一切地如此发飙。

除了这种说法,其他理由根本无法解释李逵的有悖常理的举动。

接着,我们再说说李逵与宋江的第二次矛盾。

李逵与宋江的第二次矛盾与第一次非常类似,也是与女人有关。

这次是因为有人冒充宋江，强抢了刘太公的女儿，李逵得知后，又表现出歇斯底里的愤怒。

先是砍倒了"替天行道"的杏黄旗，把"替天行道"四个字撕个粉碎，接着又提着双斧要去砍宋江。

当李逵被众人拦下后，李逵指着宋江骂道：

我当初敬你是个不贪色欲的好汉，你原来正是酒色之徒：杀了阎婆惜便是小样；去东京养李师师便是大样。你不要赖，早早把女儿送还老刘，倒有个商量。你若不把女儿还他时，我早做早杀了你，晚做晚杀了你。

看了这段，我们会有很多问题发问：

第一，水泊梁山的道德水准难道如此高尚吗？

矮脚虎王英、小霸王周通一个个都是好色之徒，怎么没见受到任何惩罚？

第二，难道整个梁山之上就李逵一个人嫉恶如仇吗？别人对于强抢民女的事都听之任之吗？

第三，梁山之上，还有第二个人敢像李逵这样公然挑战宋江的权威吗？

如果多几个李逵这样的人，宋江的"一把手"早就得让贤了。

第四，宋江对于部下近乎侮辱的举动竟能表现出极大的耐心，误会解除之后，两人仍能情投意合？

这里如果没有另外的隐情，简直就是奇了大怪了！

但是如果我们按着宋、李同性恋的思路考虑，把两次矛盾理解成李逵与其他女人争风吃醋，这些不合理的表象均能得到合乎情理的解释。

其实，施老是在用他的独特方式，全面生动地表现了两个男人之间的断袖情怀。

五、将美貌如花的扈三娘嫁给王矮虎是宋、李关系的最好证明

扈三娘嫁给王英，可以说是《水浒》故事中的一个千古之谜。

扈家庄的扈三娘美貌如花且武艺高强，在水泊梁山攻打祝家庄的过程中多次大败梁山人马，但这样一个十分完美的女性最后却由宋江做主嫁给了矮小龌龊、与武大郎类似的好色之徒王英，着实令人不解。

后世的评书为了更好地解释这件事情，甚至将扈三娘与王英说成两人小时候已经订了"娃娃亲"，多年走失后终成眷属。

但是我们从《水浒》原著上，看不出有任何"娃娃亲"的证据。

如果我们将扈三娘嫁王英和宋、李同性恋这两个听起来八杆子打不着的事情联系起来，扈三娘嫁王英的不解之谜就会解开。

其实，这件事仍然和李逵在争风吃醋有关。

为什么这么说呢？

让我们先将时钟倒拨，回到水泊梁山攻打祝家庄的那个时刻吧。

当时宋江率众"二打祝家庄"，林冲活捉了扈家庄的扈三娘。如何处理扈三娘这个女战俘就成为故事的核心内容。

当时宋江是这样对待扈三娘的：

宋江叫来二十名老军和四个头目，连夜将扈三娘送上水泊梁山，交与宋老太公收管。

大家都以为宋江要将扈三娘据为己有。

接下来的事情就是"三打祝家庄",当时扈家庄已经与水泊梁山结盟。由于孙立卧底祝家庄成功,梁山兵马大破祝家庄。

胜利之后令许多看客不解的现象又一次出现了——李逵再次发飙。

当时,扈三娘的哥哥扈成已经把祝家庄的祝彪抓来,被李逵撞见,李逵一斧子劈了祝彪之后,又来砍扈成,扈成逃走,李逵又闯进扈家庄,把扈太公一家老幼全部杀光。

李逵的暴力行动绝不能用杀顺手了来进行解释,他的所作所为其实都是有计划、有预谋的。

因为李逵认为宋江把扈三娘送到宋太公处看管就是据为己有,所以醋意大发。

为了让扈三娘仇视宋江,李逵故意杀了扈太公一家。

当宋江问起李逵滥杀无辜的时候,李逵竟然说:

你又不曾和他妹子成亲,便又思量阿舅丈人!

李逵实际上是在说:"我已经杀了他们一家,看你怎么和她成亲?"

李逵的话,别人听不懂,宋江当然明白。

宋江只得说:

他这厮违了我的军令,本合斩首,且把杀祝龙祝彪的功劳折过了。下次违令,定行不饶!

李逵这时笑了,说:"虽然没了功劳,也吃我杀得快活!"

我每次看到这里,都觉得很恶心。

李逵却觉得自己很灿烂,因为他的目的达到了。

接下来就是我们看到的结果,因为迫于李逵的压力,宋江不得不将扈三娘嫁给猥琐的王英,这样,李逵才出了口恶气,心理得到平衡,这段风波才宣告平息。

因为李逵的争风吃醋,才成就了扈三娘与王英并不般配的姻缘。

当我们读完这个故事后,是不是会对黑社会以及黑社会中李逵这个恶徒又有了更深、更全面的了解了呢?

祸起萧墙
——详解武松本人与哥嫂家庭悲剧的密切关系

所谓的梁山好汉们,我们在前面已经介绍和分析了不少,相对主要的人物差不多都已经全部出场了。我们再说说另一位重量级的人物——武松。

武松在《水浒》里仿佛是个绝对的正面人物,景阳冈上赤手空拳打死过猛虎,客观上为当地老百姓除去了一害。

武松最为得意的地方不在于打得了猛虎,而是在于替兄报仇。当武大被潘金莲毒死以后,兄弟武松力排万难,将兄长被害实情查明,并亲手杀死西门庆、潘金莲,惩治了恶人、伸张了正义,岂不快哉?

人生路上,遇上沟沟坎坎的事情都是在所难免的,特别是遇到无处申诉的冤情后,我们每个人的内心深处都希望有武松这样的人可以为自己伸张正义,因此,武松的故事广为流传。

武松在成就自家英名的同时,西门庆和潘金莲从此也就成为奸夫淫妇的代名词,被永远地钉在了历史的耻辱柱上了。

但是我们看问题,就怕换角度。

角度不同了,得出的结论也会完全不同。

我们经常说"一叶障目,不见泰山",其实讲的就是这个道理。

在我看来,真正造成武大郎家庭悲剧可能既不是潘金莲,也不是西门庆,更不是拉皮条的王婆,而恰恰是长期以来被人们所顶礼膜拜的大英雄武松。

为什么这么说呢?

武大郎一家的悲剧始于潘金莲与西门庆的奸情。没有潘金莲与西门庆的奸情,就不会有武大郎的被害,也不可能有潘金莲本人的被杀。

那么是什么促成了潘金莲与西门庆的奸情呢?这正是我们需要探究的东西。

传统观点将潘金莲的出轨归结为潘金莲自己作风不正、不守妇道。在二十世纪三十年代妇女解放浪潮中,也有人将潘金莲的出轨看做对美好爱情的追求,甚至被标榜为妇女解放的先锋。

这些说法虽然各有道理,但事实上,潘金莲的出轨可能另有隐情。

从表面上看,潘金莲的作风的确不好,先是一见面就对武松动心,并在一个雪天的下午,主动向武松表白了心迹,企图勾引武松,最后被武松义正词严地拒绝了。

勾引武松未果后,潘金莲紧接着就在王婆的安排下与西门庆勾搭成奸。

这不是典型的淫妇是什么呢?

但是大家别忘了,潘金莲一开始不但不是什么坏女人,而且是一个贞节烈女。

潘金莲小的时候,在一个大户人家当使女,随着年龄的增长,潘金莲越长越漂亮。这时她家的主人就动了歪心思,千方百计想霸占潘金莲。

但潘金莲不肯，事情告到女主人那里。

主人恼羞成怒，为报复潘金莲，陪些嫁妆将其嫁给形容猥琐的武大郎。

潘金莲嫁给武大郎后，仍然恪守妇道。

因为潘金莲长得漂亮，经常受到一些地痞流氓的骚扰，但这期间并没有闹出什么事情。

如果自身有什么问题的话，潘金莲在清河县可能早就红杏出墙了。

那么是什么原因将一个贞节烈女变成了偷人养汉的淫妇了呢？

如果我们将潘金莲的一贯表现和她与武松、西门庆的感情纠葛放在一起考虑，或许能够找到其中的原因。

在我看来，原因就出在了武松身上。武家之祸祸起潘金莲对武松的一见钟情。

由于武松对潘金莲的感情处置不当，潘金莲为了证明自己，才走上了与西门庆的通奸之路。在某种意义上讲，武松是整个事件的始作俑者。

原本安分守己的潘金莲，是因为见了武松以后才判若两人的。

其实，潘金莲喜欢武松是情理之中的事情。

武松从相貌上看，身高八尺，高大伟岸；从本领上看，三拳两脚打死过猛虎，是个地道的男子汉；从职务上看，武松是阳谷县的都头，相当于现在县公安局的刑警队长。这样的男人恐怕会人见人爱的。

所以在一个雪天的下午，嫂子潘金莲向武松表白了自己的情感。

潘金莲固然有不对的地方，但问题的关键是有了问题怎么处理。

武松根本不知道如何处理嫂子对自己的感情。

只好想当然地拿出一套伦理道德来教育潘金莲：

武二是个顶天立地噙齿戴发男子汉，不是那等败坏风俗没人伦的猪狗！嫂嫂休要这般不识廉耻，为此等的勾当。倘有些风吹草动，武二眼里认得是嫂嫂，拳头却不认得是嫂嫂！再来，休要恁地！

我们说，武松拒绝嫂子的做法是毫无疑问应该肯定的，但在处理方法上极为不妥。

被别人拒绝已经是件很没面子的事了，而且还要被骂成败坏风俗的猪狗。

当初潘金莲嫁与武大，已经在心理笼上了一层厚厚的阴影，丈夫的猥琐与无能让潘金莲深深地感到了自卑。被武松拒绝之后，实际上更加剧了潘金莲的自卑感。

我们知道，在社会上，越是自卑的人，往往越需要证明自己。

证明自己的目的既是为了给别人看，也是为了给自己看。

在武松的强烈刺激下，潘金莲急于用行动证明自身的价值。

所以，当潘金莲失手将叉帘子的竹竿打到西门庆头上时，就注定以后发生的一切事情了。

从西门庆的基本情况看，无论是个人条件和家庭条件都相当不错。

西门庆长得一表人才，"面儿虽比不得潘安，也充得过"；而且有些功夫，"使得些好拳棒"，并且"近来发迹，不但有钱，还在县里管些公事"。

从这些情况看，西门庆要相貌有相貌，要本领有本领，要钱有钱，要地位有地位，无论哪个方面都比得上武松。

可以说，潘金莲就是怀着证明自己价值的心态，照着比武松条件还好的人来物色出西门庆的。

试想，如果当时武松不用道德伦理上的说教和武力威胁，换个方式婉转地拒绝嫂子对自己的好感，是不是就可以避免悲剧的发生呢？

答案是肯定的，但是武松却做不到。

第一，武松的情商不高，无法处理复杂的感情问题。

就拿交朋友的事情来说吧。

当初，武松酒后打昏同事投奔柴进，曾经受到柴进的盛情款待，但是武松不但不感恩戴德，而且反客为主。庄客有些照顾不到的地方，他喝点酒就要打人，所有的庄客没一个人说武松好的，后来柴进也开始慢待武松了。

凭武松这样的处事水平，当然无法妥善处理与潘金莲的感情纠葛。

第二，武松对妇女并不尊重。

从武松后来的行径看，无论是十字坡邂逅孙二娘，还是在快活林里醉打蒋门神，都要用言语把人家的女眷调戏一番，还要配合些粗鲁的肢体语言。

就拿武松醉打蒋门神来说吧：

武松道："过卖，你叫柜上那妇人下来相伴我吃酒。"

酒保喝道："休胡说！这是主人家娘子！"

武松道："便是主人家娘子待怎地？相伴我吃酒也不打紧！"

那妇人大怒，便骂道："杀才！该死的贼！"推开柜身子，却待奔出来。

武松早把土色布衫脱下，上半截揣在怀里，便把那桶酒只一泼，泼在地上，抢入柜身子里，却好接着那妇人。

武松手硬，那里挣扎得，被武松一手接住腰胯，一手把冠儿捏作粉碎，揪住云鬓，隔柜身子提将出来，望浑酒缸里只一丢。听得扑通的一声响，可怜这妇人正被直丢在大酒缸里。

武松这些行为的背后体现出来的是对妇女的轻视。

在这种心理的支配下，武松并没有把潘金莲当做一个有血有肉的女人看待。武松与别人谈话的主要目的，是要把他自己的意思表达出来，至于对方的感受他根本不愿或者不屑去考虑。

第三，与那天武松喝了点酒有关。

据我们分析，武松是一个因酒精中毒而诱发的精神疾病患者，武松只要一沾酒就会性情大变，不按常理出牌。具体的情况我们以后还要详细介绍。

总之，由于武松轻率的行为方式，造成了哥哥一家的悲剧，同时自己也从主流社会反身跌入黑社会的污泥浊水当中，这里面的教训不能说不深刻！

都是酒精惹的祸
——酒精诱发的精神障碍患者武松

《水浒》中的江湖,酒是最不可或缺的东西。

水泊梁山中最具特色的恐怕就是大块吃肉,大碗喝酒了。

"大秤分金银,大碗吃酒肉"的字眼几乎成了梁山向外发展势力的广告用语。

所谓的好汉们,也常常因为喝酒而闹出些事情来。

鲁智深因为醉酒大闹了五台山,杨志一行人因为喝酒丢了生辰纲,李逵打虎后也是被曹太公灌醉才捉进官府的……

行伍出身的人酒后做出些无法收拾的事情还可以理解,所谓的文化人喝点酒也不老实。宋江就因为酒后在浔阳楼上题了首反诗,差一点被蔡九知府砍了脑袋。

但事实上,我们说的这些人还仅仅是偶尔一醉,对酒精的依赖程度并不高。

即使是整天受到宋江和吴用告诫不许喝酒的李逵,对酒精的依赖程度也不高,因为李逵并没有因为喝酒而耽误过大事。

真正对酒精依赖程度很高,甚至因酒精而引发一定精神障碍的人,却是武松。

后世的人们对武松这评价不低,主要是因为大家不了解真正的武松,武松其实是一个对酒精有着严重依赖的精神障碍者。

什么意思呢?

就是说武松这个人不喝酒是个非常正常的人,但一喝酒,就发生人格分裂,马上变成了另外一个人。

这是酒精中毒的一种典型反映,过去我的一个同事就得过这种疾病,喝酒之后和喝酒之前的行为举止判若两人。

让我们先来了解一下武松的酒后症状吧。

武松是清河人,本来在清河县衙门里当差做事,但是在一次喝醉酒后,与县里的同事发生了争执,一拳把那个人打昏了。

武松误以为把那人打死了,为逃避法律追究,远走他乡,躲进了柴进的庄园。

武松因为喝酒已经出了一回事,可是到了柴进庄上,又因为喝酒引出新的麻烦。

武松初来投奔柴进时,柴进对其待若上宾,但是一喝酒,便开始闹事。

但吃醉了酒,性气刚,庄客有些管顾不到处,他便要下拳打他们。因此满庄里庄客没一个道他好。

因为酒后武松无法控制自己,在避难期间就已经变得众叛亲离了。

武松在柴进庄上实在待不下去了,适逢得知被其打昏的同事并没有死,所以离开沧州,回清河老家。因为路过景阳冈,才引出了景阳冈打虎的故事。

景阳冈打虎也与酒密不可分,武松在"三碗不过冈"的酒店里连喝十八碗酒后,一人独自穿越景阳冈。

武松之所以能够赤手空拳打死老虎，并不是因为武松的酒量大、胆量壮，而是由于在酒精的作用下，武松已经控制不住自己了。少量的酒精在武松的身体里会引发一些过分的言行，大量的酒精则引发其极端的暴力倾向。

在这种酒精鼓起的暴力下，武松客观上为老百姓除去了一害。

对于酒精诱发的这种精神障碍，武松自己也有感觉，所以，经历了景阳冈打虎之后，凡遇到与人肢体相搏的时候，武松总是先把自己灌个半醉，以便激发出另一个自我来。

所以，武松在毙杀西门庆之前要喝上几杯，在对阵蒋门神之前还要大喝特喝。

武松为打败蒋门神，向施恩提出的唯一要求就是：在从孟州城到快活林的路上，遇着一个酒店就要喝三碗酒。

快活林离东门有十四五里地，有十二三家酒店，一路上武松喝了三十五六碗酒。

施恩担心武松喝醉，武松却说：

你怕我醉了没本事？我却是没酒没本事！带一分酒便有一分本事！五分酒五分本事！我若吃了十分酒，这气力不知从何而来！若不是酒醉后了胆大，景阳冈上如何打得这只大虫？

结果，在酒精的作用下，武松大胜蒋门神。

至于武松醉打蒋门神的故事里还藏着什么鲜为人知的秘密，我们将在下一章里为您解读。

施恩的寡恩
——醉打"蒋门神"的内幕

武松醉打"蒋门神"也是《水浒》中一段脍炙人口的精彩故事。

讲的是：

武松杀死西门庆、潘金莲后，被刺配孟州。

在孟州受到牢城营管营施恩父子的格外关照，不但免去了一百杀威棒，还受到极好的优待。

武松对施恩感恩戴德，帮助施恩夺回了被蒋忠蒋门神霸占的快活林酒店。

乍听起来，这完全是一场伸张正义和知恩图报的英雄故事。

首先，我们会为施恩的肝胆侠义所折服。

施恩虽然与武松素不相识，但施恩敬重英雄，对武松百般照顾，过去每当我读到此处时，都会不禁为落魄的武松结识了这样的朋友而感到由衷的高兴。

武松在经历了为兄报仇、充军发配的艰难历程后，也终于拥有了一个可以依靠的朋友，过上一段相对平和的生活了。

其次，我们钦佩武松的侠肝义胆。

武松知恩图报，面对蒋门神和张团练的嚣张气焰，不畏强敌，置生死于度外，敢于拔刀相助，尽心尽力报答施恩，让人钦佩。

这大约就是人们时常称颂的江湖义气吧。

最后，我们对正义能够战胜邪恶而感到由衷的欣慰。

武松不仅帮助施恩夺回了快活林酒家，更主要的是在社会上树立了正气。武松用自己的行动告诉大家，那些欺压良善、多行不义的人最终都是得不到什么好下场的。

其实我们之所以能够感到折服、钦佩和欣慰，主要是因为受到了太多以《水浒》为题材的评书、影视作品的影响，这些艺术形式在向大家展示《水浒》故事时，已经差不多把原著改编得面目全非了。

真实的武松醉打"蒋门神"，与我们心目中的故事其实是完全的两回事。

那么真实的故事是怎样的呢？

第一点，施恩与武松之间根本谈不上什么感情和义气，完全是赤裸裸的利用和被利用的关系。

身为牢城营管营儿子的施恩，见到武松后，便利用职务之便，善待武松，其目的不过是为了让武松帮助他夺回快活林酒店罢了。

因为"蒋门神"武艺高强，弄不好非死即伤。选择武松对付蒋门神，一方面是因为武松武艺高强，可以敌住蒋忠。更主要的是武松的囚犯身份太有好处了：打死对方，直接偿命即可；如果事情做拙，被对方打死，也不会有人追究。

"醉打"里有个地方格外引人注意，或许可以为武松与施恩的关系做一个很好的佐证。

事情的经过是这样的：

当武松在赶赴快活林的路上时，施恩的父亲其实早已安排了一二十个军汉随行，但是当武松与"蒋门神"及酒店的伙什发生群殴时，并不见这些接应的人出场。直到武松制伏"蒋门神"后，施恩才带着三二十个军健出来庆贺。

从这些情况看，施恩对武松的态度就是：你一个人去打"蒋门神"，打赢了更好，打输了和我也没什么关系。

第二点，施恩的快活林酒店仅仅是个酒店？

我们平时读书，常常会有这样的体会：故事的主人公受到迫害，我们会一齐跟着垂泪；主人公成功，我们也跟着喝彩，这就叫引起读者共鸣。

但共鸣归共鸣，事实上，我们不应因为某个人是主人公，所以就一定认为公理要站在他这边。

施恩的情况也是这样，施恩曾经被"蒋门神"赶出过快活林，但我们并不能因此断定施恩就是一个受害者。

我们先看看施恩的快活林酒店是干什么的吧。

施恩在向武松求助时，是这样说的：

往常时，小弟一者倚仗随身本事，二者捉着营里有八九十个弃命囚徒，去那里开着一个酒肉店，都分与众店家和赌钱、兑坊里。

是说施恩在快活林开的是酒店，为附近的旅店和赌馆提供食物和酒水。

开酒店是正常的事，我们前面也提过，从孟州城到快活林，沿路之上开着十几家的酒店，但是开个酒店还用得着施恩的武功和八九十个亡命徒吗？

接下来施恩又说：

但有过路妓女之人，到那里来时，先要来参见小弟，然后许他去趁食。那许多去处每朝每日都有闲钱,月终也有三二百两银子寻觅。

这下我们明白了,施恩的买卖根本就不是什么酒店,而是以酒店为掩护的黑社会卖淫集团,施恩垄断着快活林,或者说是孟州的卖淫业。

所以在武松帮施恩夺回快活林酒店后,施老将这一回的标题定为"施恩重霸孟州道,武松醉打蒋门神",请大家记住上面这个"霸"字,这里面的含义颇深。

我们再往后看,施恩赚钱还不只是卖淫业。武松制伏蒋门神,施恩重霸孟州道以后,书中是这样写的:

施恩的买卖比往常增加了三五分利息,各店里并各赌坊况坊,加利倍送闲钱与施恩。

就是说,施恩不仅向妓女收取费用,还向其他赌馆收取保护费。

从施恩在快活林的行径看,我们可以得出两点结论:施恩既非良善之辈,施恩从事的事业也拿不上台面。

第三点,施恩从蒋门神手中夺回快活林酒店是否具有正义性?

施恩经营的酒店被蒋门神夺了,施恩又请武松把原属于自己的东西拿了回来,虽然属于"黑吃黑"的事情,但乍听起来施恩还总是占些理的。

毕竟你蒋门神也好,张团练也罢,不能随便无缘无故地抢人家东西呀。但事实上,可能真正理亏的却是施恩。

当初施恩的酒店被蒋门神夺走后,施恩并不敢和蒋门神理论。理由是:

他却有张团练那一班儿正军,若是闹将起来,和营中先自折理。

张团练是正规军不假,但和有理没理并不搭界。施恩的言辞当中透露出自己的理亏。

施恩为什么会理亏呢？

前面提到的，施恩重新夺回酒店后，"施恩的买卖比往常增加了三五分利息，各店里并各赌坊况坊，加利倍送闲钱与施恩"。

往常指的是蒋门神管理期间，可见，蒋门神的费用收得要比施恩少得多。那么施恩之所以失去了快活林酒店，最大的可能就是，施恩对快活林的管理费和保护费收得过多。

通过上面的分析，我们可以大致勾画出蒋门神夺取施恩酒店的赫赫之功：

施恩在快活林征收保护费比例过高，引起了商家和妓女的不满，大家联合起来反对施恩，在张团练支持下，蒋门神出面将施恩赶走，同时降低了保护费的金额。

施恩理亏，不敢与蒋门神和张团练理论，有苦难言。

无奈之中，遇到了武松，在武松的帮助下，夺回了快活林酒店。

施恩重掌快活林酒店后，对大家又重新征收了高额费用，进而引起了快活林从业人员的更加不满。

众人又纠结蒋门神、张团练，以及后台张都监，一起设计先后陷害武松，才有了后来的"武松大闹飞云浦"和"张都监血溅鸳鸯楼"的故事。

所以，我们说武松与施恩的故事不但不感人，而且很令人反感。

施恩的名字也像《水浒》中的其他人物一样，与其实际意义是完全相反的，施恩者寡恩也。在以施恩为首的黑恶势力下，武松不过是一个敢于玩命斗狠的打手而已。

被隐去的幕后故事
——"杨雄杀妻"的真相

《水浒》其实是一本充满暴力和色情的书,所以才有了那句"少不读《水浒》"的老话。

前面说的武松、潘金莲、西门庆的故事就是一个集色情与暴力于一体的故事。除了这个故事外,还有一个与可以与之匹敌的故事,那就是"杨雄杀妻"。

"杨雄杀妻",也叫"石秀杀嫂",讲的是:蓟州刽子手杨雄的妻子潘巧云与报恩寺和尚裴如海私通,被杨雄的结拜兄弟石秀发现,石秀设计将裴如海杀死,又帮杨雄查明真相,杨雄一怒之下杀了潘巧云,尔后,杨雄、石秀二人一同投奔梁山。

整个故事从表面上看,完全是一个充满正能量的英雄主义故事:杨雄、石秀铲除了奸夫淫妇,惩治了恶人,维护了社会的公序良俗,同时还歌颂了杨雄与石秀情同手足的兄弟情谊。

但仔细分析起来,我们会发现,杨雄杀妻不仅仅是一起简简单单的命案,命案背后还隐藏着一股不为人知的黑恶势力,正是这股黑恶势力将杨雄一步一步推向梁山的。

为什么这么说呢？

当年，杨雄在蓟州当刽子手，明明干得好好的。但自从结识了石秀之后，便引出了无穷无尽的麻烦。

可能有人会说，你这不是颠倒黑白吗？明明是潘巧云不守妇道，和裴如海私通，被石秀发现，在石秀的帮助下，杨雄、石秀兄弟才严惩了恶人。

但实际上的一些情况可能比我们想象的情况要复杂得多。

第一，潘巧云和裴如海之间的事情由来已久，没有石秀的介入，矛盾就不会激化。

说潘巧云与裴如海的事情由来已久，还要从杨雄的名字说起。

大家翻翻《水浒》就会发现，《水浒》故事里有这样一个特点，就是许多"好汉"名字的意思往往与真实情况相反。

例如，吴用，明明是水泊梁山的智囊，是灵魂人物，却起了一个叫"无用"的名字；再如，武松，从名字上看是"武艺稀松"的意思，但实质上这个人却是江湖上的一流高手；还有鲁智深，完全是一个侠义豪爽、凭感情行事的人，却起了一个智慧高深的名字。再有，就是前面我们说的施恩，明明是刻薄寡恩的人，却起了一个给人恩惠的好名字。

而杨雄呢？也是一样。

杨雄的真正意思是"阳雄"，如果按照《水浒》这部书里名字与实际情况截然相反的规律看，杨雄的实际情况是不"雄"，因为他患有男性功能障碍的疾病。

从面相上看，杨雄只是"细细有几根髭髯"，说明其雄性激素分泌不足。

至于杨雄的外号为什么叫"病关索",也就不言而喻了。

关索相传是关羽的第三个儿子,关羽是顶天立地的英雄,虎父无犬子,关索也是响当当的好汉。

那么病呢,并不是因为杨雄单纯的脸色发黄,而是因为他身有隐疾,才得此绰号。

由于杨雄无法满足潘巧云,才导致潘巧云红杏出墙的。

而杨雄对此,也是睁一只眼,闭一只眼,听之任之。不然,你见过整部《水浒》里哪个刽子手一个月里有二十多天都要到牢里值夜班的?

但是由于石秀的介入,把潘巧云和裴如海的盖子揭开了,才搞得杨雄左右为难,矛盾随之激化。

第二,杨雄醉骂潘巧云,潘巧云反诬石秀调戏自己,实际上是杨雄在警告石秀不要再掺和自己的家庭内部矛盾。

杨雄之所以醉骂潘巧云,不过是给潘巧云一个开脱的机会。

前面说过,杨雄对潘巧云与裴如海的事情心知肚明,当石秀向杨雄告知潘巧云与裴如海的不正当关系时,杨雄也并未表示出过多的惊讶与愤怒。只是说了句:

"这贱人怎敢如此?"

对于石秀提出的从前门捉奸,从后门围堵裴如海的计划,杨雄并没表现出多大兴趣,只是随口说了一句:

"兄弟见得是。"

此时杨雄想的绝不是什么捉奸、杀人之类的事,而是希望尽快想办法把这桩家丑平息下来。

所以杨雄在醉骂了潘巧云后,并没有对潘巧云采取什么措施,而是将矛头对准了石秀，第二天一早就叫人拆了石秀卖肉的工作台，督促石秀赶紧走人。

第三，石秀杀死裴如海，实际上是将杨雄送上了不归路。

从杨雄的内心看，杨雄一心希望把家里的这件事情平息下来，使家庭生活重新回到原来的轨道上，但石秀却偏不饶他。

在以后的一天早晨，石秀杀死了前往杨家通奸的裴如海和为之通风报信的头陀。

此时杨雄才知道，事已至此已经无法收拾，自己以后的人生之路将完全被石秀所左右。

因为，如果杨雄不按石秀的意图办事，石秀完全可以向官府告发杨雄。

世界上没有不透风的墙。潘巧云和裴如海的不正当关系，已经尽人皆知。一旦石秀出首状告杨雄，那么杨雄即使有一千张嘴也说不清楚。所以，杨雄只能任凭石秀摆布。

石秀提出将潘巧云和使女迎儿骗至翠屏山对质时，杨雄再三推脱，对石秀说：

兄弟，何必说得，你身上清洁，我已知了，都是那妇人说谎。

可石秀仍然坚持，要求杨雄必须将潘巧云和迎儿骗至翠屏山。

即使这时，杨雄也仍然没有杀害潘巧云的念头。

石秀也在临行之前骗杨雄说：

当头对面，把这是非都对你明白了，哥哥那时写与一纸休书，弃了这妇人，却不是上着。

可是，到了翠屏山后，石秀就完全操控了整个事件的发展进程。

先是，"飕"地掣出腰刀，又对杨雄说："此事只问迎儿，便知端的。"

当时潘巧云承认了与裴如海的不正当关系后，石秀紧跟着说：

今日天方说得明白了，任从哥哥如何措置。

还把刀递给杨雄，指着迎儿说：

哥哥，这个小贱人，留他做甚么？一发斩草除根。

虽然在整个事件中，石秀没有说一句要杀死潘巧云的话，但石秀的真实意思其实已经明白得不能再明白了。

在石秀的诱导、胁迫和鼓励下，杨雄不得已杀死了妻子潘巧云和使女迎儿。

第四，石秀为什么非要杀死潘巧云不可呢？

从表面上看，石秀撺掇杨雄杀死潘巧云，仿佛是为了证明自己清白和帮助杨雄，用石秀的话说就是"教你做个好男子"。

但仅仅为了这些，就可以连害四条人命吗？

显然是说不通的。

我们前面说过，杨雄根本就没有杀掉潘巧云的打算，另外，裴如海已死，潘巧云已认错，杨雄放潘巧云一马也是完全可行的，而且是正常的，但是石秀却百般怂恿杨雄杀妻。

为什么石秀要这么做呢？

如果我们通览一下《水浒》就会发现，石秀百般诱使杨雄杀妻其实与宋江、吴用设计让其他好汉上山入伙的故事别无二致。

比如吴用让人化装成徐宁的样子沿路打劫，徐宁因此被官府通缉，走投无路不得上梁山。

再如宋江为逼朱仝上梁山，派李逵将朱仝负责看护的小衙内一斧子劈死，朱仝再无安身之处，所以也不得不上梁山。

因此，我可以负责任地告诉大家，石秀一味诱导杨雄杀妻的真实目的就是为了督促杨雄上梁山。

整个事情的真实情况应该是这样的：

当时，宋江派戴宗和杨林下山除了去找公孙胜外，还背负着一个重要使命，就是下山发展队伍。

戴宗与杨林在蓟州城内邂逅石秀与杨雄，戴宗、杨林就想发展杨雄、石秀入伙。

当时，杨雄反身去追几个闹事的兵痞时，戴宗和杨林将石秀邀至巷内的一个酒店里，在酒店之中，石秀已经与戴宗、杨林达成了上梁山的意向，不然戴宗不会上来就给石秀一锭十两大银。

戴宗、杨林呢，不但答应石秀上梁山的意愿，还要求石秀拉杨雄一同入伙。

石秀上梁山容易，因为石秀就是一个卖柴火的，并且孤身一人，没牵没挂。

可杨雄的身份就不同了，杨雄在蓟州是正式的国家公职人员，有家有业，所以拉杨雄上山并不是一件简单的事情。

因此，石秀并没有急于和杨雄摊牌，而是埋伏在杨雄的身边，悄悄地等待时机，策反杨雄。

无意之中，石秀发现了潘巧云和裴如海的奸情，石秀如获至宝，抓住这个题目，借题发挥，连逼带诱，让杨雄最终亲手杀死了潘巧云和迎儿。杨雄也因此无处安身，最终只好上了梁山。

正是由于大家此前都不清楚石秀的梁山身份，才使杨雄和潘巧云等人误判了形势。

就拿潘巧云来说吧，当初裴如海见了石秀，曾经提醒过潘巧云，说：

你家这个叔叔好生利害。

潘巧云却说：

这个睬他则甚！并不是亲骨肉！

潘巧云是按照常理，以杨雄的拜把兄弟和生意上的合伙人对石秀进行定位。但潘巧云没有料到，石秀却是个准黑社会分子或者说是黑社会的外围。

黑社会正是利用人们日常生活中的各种矛盾，包括家庭矛盾，来实现他们不可告人的目的。

从"杨雄杀妻"的故事里我们应该看到，不管任何时代、任何社会，远离黑恶势力都是我们每个人所需要牢记的。

从贵族到悍匪
——柴进是怎样上的梁山？

大体上看，梁山"好汉"以身居社会底层和落入社会底层的人居多，社会绝望阶层构成了梁山"好汉"的主体。

但也不能一概而论，梁山之上也有贵族。

这个贵族大家想必知道，名叫柴进。

柴进不是一般的人物，他是后周皇帝周世宗柴荣的后代。

公元960年，后周禁军大将赵匡胤发动陈桥兵变，夺取了后周的江山，摇身一变，成为了宋太祖。但是宋太祖赵匡胤做事还算厚道，夺权之后不仅没有对前朝皇族斩草除根，杀掉柴荣的后代，而且对柴家极其优抚，规定柴家世代享受准皇室待遇。

就是这样一个响当当的人物，最后却也摆脱不了上梁山落草的命运。

这里面的故事很值得深思。

关于柴进上山的故事在《水浒》的第五十二回里，题目叫做"李逵打死殷天锡，柴进失陷高唐州"。

具体的过程是：

高唐州知府高廉的小舅子殷天锡要霸占柴进叔叔的宅院，因此气死了柴进的叔叔，并且还对柴进大打出手。

在柴进家避难的李逵路见不平,几拳打死了殷天锡。打死殷天锡后,李逵跑了,高廉将柴进下狱折磨。

梁山为救柴进,兵发高唐州,最后杀了高廉,救出柴进。

从表面上看,柴进是受殷天锡和高廉的迫害,在忍无可忍的情况下,被逼上梁山的。如果不是殷天锡仗势欺人,气死叔叔柴皇城,并霸占叔叔的宅院,还对柴进行凶,李逵也不会还手去打殷天锡。那样,柴进仍然可以在沧州横海郡过自己的逍遥日子,可以像从前一样对所有反政府和持不同政见的人士进行庇护和接济。

但我们往细里看,就会觉得这个结论似乎并不可靠。

在我看来,真正把柴进逼上梁山的不是殷天锡和高廉,而是宋江。

为什么这么说呢?

首先,如果殷天锡施暴时,李逵不介入此事,柴进一案还是存在和平解决的可能性的。

当然,我们说这只是一种可能性。

但是李逵出手打死殷天锡,事情的性质就发生了根本变化。

柴进从有理变成了没理,由原告成了被告。

柴进也因此被高廉抓进大牢。

虽然事已至此,但柴皇城事件仍然存在和平解决的可能。

因为柴进身份特殊,柴家除了享受皇族权利外,还有一块赵匡胤亲手书写的"丹书铁券",柴进或许可以凭借这块丹书铁券来保障柴家的权利。

当初,柴进从横海郡来到高唐州看望柴皇城时,对柴皇城的老婆说得也很明确:

尊婶放心。只顾请好医士调治叔叔。但有门户，小侄自使人回沧州家里去取丹书铁券来，和他理会。便告到官府、今上御前，也不怕他。

如果水泊梁山的所谓好汉真想救柴进，就应该派人通知沧州柴进的家人拿着"丹书铁券"与殷家对簿公堂。

但是宋江却偏偏派人去攻打高唐州，这样柴进的后路可就完全被切断了。留给柴进的只剩下一条不归之路——就是乖乖地跟着宋江上梁山。

为什么宋江非要拉柴进上梁山呢？

拉柴进上山应该是一件蓄谋已久的事，这主要是柴进的政治影响力所决定的。

我们知道，梁山造反的主力是一些被主流社会所不容的在逃重犯、要犯。这些亡命徒的反政府行为，在社会上是没有多大市场的。

而柴进作为前朝的遗老和当今的贵族，在政治上的影响力很大。

柴进如果上了梁山，那么梁山的社会地位也会随之提升。

梁山对朝廷的威胁也将更大。

所以宋江等人在基本安排好山寨的内部事务后，就开始寻找机会拉柴进入伙了。

柴进虽然一直背地里干着反政府的行径，整天收容、资助反政府人士，但他本身并不愿公开与政府为敌，更不愿放弃优厚的准皇室待遇和人们对他的尊重。因此，梁山只能坐等机会。

偏偏这时，出现了殷天锡气死柴皇城和霸占柴皇城宅院的事情，这就给了梁山运作的空间。

李逵一拳打死殷天锡，激化了矛盾，尔后宋江又兵发高唐州，把柴进彻底拉入了江湖。

从此以后,梁山之上,既有"替天行道"的大旗掩人耳目,又有柴进这样的没落前朝皇族撑门面,水泊梁山进入了一个快速发展时期。

梁山的宿命
——宋江为什么要投降？

毛泽东主席曾经对《水浒》做过精辟的点评，认为《水浒》这部书好就好在投降上了。

一时间，宋江也就成为全中国人民泄愤的对象，被狠批重擂。

如果翻一翻"文革"时期的时评，大家就会知道，宋江当年承受着多大的"舆论压力"呵！

在那个时期里，大家普遍认为，宋江是梁山革命失败的罪魁祸首。大家相信，如果不是宋江主动投降，水泊梁山的"革命事业"一定会越做越大，越做越强。

而梁山中的其他人物则差不多一概都被树立成正面典型。例如托塔天王晁盖被塑造成革命队伍的缔造者和革命事业的开创者，要不是晁总舵主过早地被史文恭射死，宋江的阴谋根本无法得逞。

再如李逵被认为是革命最彻底的人。李逵一心想推翻皇帝，让宋江去当皇帝，将革命进行到底的决心是无与伦比的。

正是因为如此，李逵的革命精神才与宋江的投降主义形成了鲜明对比。

真的是宋江将水泊梁山的所谓农民起义引向邪路了吗？

如果仅仅一个宋江就能决定梁山的命运，那么世界上的事情，包括江湖上的事情也太简单了。

从整部《水浒》来看，应该说投降绝不是因宋江而起的，宋江一个人也根本承担不起投降派的骂名。

为什么这么说呢？

因为，投降是梁山割据势力发展的必然结果。

一、梁山的存在根本就没有多少社会基础

从《水浒》的年代来看，社会总体稳定，阶级矛盾并不突出，上梁山的所谓好汉绝大多数并不是官逼民反的结果。纵观整部《水浒》，真正够得上官逼民反的似乎只有解珍、解宝两个人。

解珍、解宝两个人是本本分分的猎户，为响应政府号召上山捕虎，捕得的老虎，却被毛太公昧下。解氏兄弟与之理论，毛太公买通官府，二人惨遭诬陷，反被关入死囚牢。

解氏兄弟在亲戚孙立、孙新的帮助下，砸牢反狱，成功出逃，与孙氏兄弟及其家属一同上了梁山。

这段故事被称为："解珍解宝双越狱，孙立孙新大劫牢。"

除去这个故事，我们真的再找不到官逼民反的事例了。

就拿我们最为熟知的林冲被逼上梁山的例子来说吧，林冲的故事虽然很值得同情，但他的事情也只能说是"官逼官反"。因为林冲本身就是八十万禁军的教头，个人关系还与高太尉不错，不然林冲也不会自己一个人去太尉府给高俅进献宝刀。

造反得不到人民支持,投降就成了早晚的事情。

二、梁山割据也没什么群众基础

除了官逼民反与官逼官反,《水浒》中的所谓好汉更多的是被梁山的晁盖、宋江、吴用诓骗上山的。

第一批被骗上梁山的是圣手书生萧让和玉臂匠金大坚。萧让字写得好,金大坚会刻图章,因为梁山人要伪造文书,下江州救宋江,所以就把这两个知识分子连骗带吓,拉上了梁山。

以后被逼上梁山的是秦明。秦明战败被俘,宋江却叫手下人穿上秦明的盔甲,冒充秦明杀死青州百姓,焚烧房屋。

慕容知府误以为秦明叛变投敌,杀了秦明妻子,秦明从此不但与慕容知府结仇,而且被主流社会所不容。

再以后就是美髯公朱仝、小旋风柴进、金枪手徐宁、神医安道全、玉麒麟卢俊义、燕青等人,这些被拐骗上梁山的人,从心里说是不愿意永远为梁山卖命的,他们本心是拥护招安的。

梁山之上除了有上述被晁盖、宋江等人骗上梁山的人之外,还有一大部分是因为战败被俘,为了保全性命不得已投降的。

比较典型的是轰天雷凌振、百胜将军韩滔、天目将彭玘、双鞭呼延灼、大刀关胜、井木犴郝思文、丑郡马宣赞、急先锋索超、圣水将军单廷珪、神火将军魏定国、双枪将董平、没羽箭张清。仗没打赢,自己反被活捉,为了苟全性命,暂居梁山。

这些人原本就是公职人员,对于他们来说,梁山贼寇本来就是与自己势不两立的阵营，招安正是他们重新回到原来阵营的不二选择。

所以到了梁山后期，招安简直成了众望所归的事情。

这时，连梁山招兵买马的口号都变了。

最开始，梁山对外宣传自己"大秤分金银、大碗吃酒肉，异样穿绸锦"，邀请大家同做"好汉"。

到后来，梁山几乎不再提如何分金分银，喝酒吃肉和做衣服的事了，而是说，我们现在"暂居水泊，专待朝廷招安，尽忠竭力报国"。

可见接受招安的思想是深入人心的。

不是宋江把梁山带入了招安之路，而是宋江顺应了梁山"好汉"的主流思潮，并为其代言罢了。

大家看，后来梁山重阳节菊花会时，宋江做《满江红·招安》，真正反对的不过是武松、鲁达和李逵三个人而已，更多的人不是赞成，就是沉默。

在招安的旗帜下，虽然梁山的力量不断发展壮大，但壮大的结果其实都是为招安而服务的，所以最后梁山好汉们投降了朝廷也就不足为怪了。

三、宋江拿不出一套崭新的理论指导实践

宋江上了梁山后，其主导思想就是努力将梁山事业做大做强。梁山的事业正如宋江预期的那样，由一洼水泊，发展成了与王庆、田虎、方腊齐名的四大割据势力之一。

梁山的势力虽然做大了，但是接下来的问题也变得非常突出，就是

如何在土匪窝里建立秩序。

一群杀人放火的土匪之间如果没有相应的秩序维持,他们的事业是不可能发展壮大的,弄不好,宋江自身的性命可能都难以保全。

宋江为了建立梁山新秩序,一方面利用神秘主义手段,大搞九天神女显灵、挖石碣排座次等手段,以混淆众人视听;另一方面祭出了儒家忠义思想的大旗,要求大家服从自己。

我们知道,儒家思想的一个重要的核心内容就是将每个人在社会生活中相应的位置规定好,君君臣臣、父父子子,每个人按自己所处的位置规范行事。

宋江将儒家思想收为己用,其功效自然立竿见影,儒家思想的忠义思想也不可避免地被带入到水泊梁山的主体思想之中。

既然忠义的思想大家都赞同,那么,忠君爱国则是一个很难回避的话题。在强大传统儒家思想的压力下,投降皇帝其实只是一个时间的问题。

相反,如果宋江不依托儒家思想治理梁山,而是拿出一套全新的思想指导梁山的事业,那么投降将很难成为梁山的宿命。

四、宋江的投降是与朝廷及各路土匪博弈的结果

水泊梁山的敌人不只是官军,还包括其他的割据势力。

在《水浒》的那个时期里,全国并存着宋江、王庆、田虎和方腊四大割据势力。

这四股势力说大不大,说小不小。从场面上看,个个都能抵挡住官军的进攻,并形成相持对抗的局面。但同时,四家当中的任何一家也都

没有能力推翻大宋，改朝换代。

几方势力形成了强势均衡。

可是，我们知道，如果其中任何一家土匪归顺了朝廷，那么几方的实力对比可能就会产生根本性改变。

换句话说，四大割据势力，既不怕朝廷的进剿，也不怕其他势力的骚扰，而是害怕其他势力与朝廷联合起来对付自己。

在博弈的过程中，宋江可以说是率先看到了问题的关键。

对于其他三股土匪武装，梁山不可能像对待二龙山、桃花山和白虎山那样对其进行收编。

可是如果其他三股势力与朝廷合作，攻打自己怎么办呢？

宋江先下手为强，千方百计向朝廷申请招安，以求在与其他三大割据的博弈中拔得头筹。

最终，宋江投降朝廷，并与朝廷合力，进剿王庆、田虎和方腊，打败其他三方反政府势力而归。

不能不说这是宋江在博弈中占尽先机的结果。

堡垒是如何从内部崩溃的
——李应是祝家庄覆灭的始作俑者

《水浒》塑造了许多鲜活的人物形象,千百年来一直被大家津津乐道。事实上,《水浒》对于事件的描述,也异彩纷呈,令人久久回味。

"三打祝家庄"无疑是《水浒》里最精彩的故事之一。

"三打"里的看点很多:祝家庄地形地势的凶险、庄里人同仇敌忾的决心、栾廷玉高超的本领、孙立"木马计"的巧妙,以及扈三娘的美貌与不幸⋯⋯

但我觉得"三打"里最大的看点还是三庄联合以及后面三庄联合的崩溃。

与官军相比,祝家庄的战斗力超强。这里有地形、地势的优势。因为祝家庄把庄内道路设计得像迷宫一般,外人一进庄立即迷路。

也有人心所向的优势。祝家庄与梁山的争斗是守土保家的战斗,庄客们的主观能动性发挥到了极致,人人都在为自己而战。

除却这些原因,祝家庄极强的战斗力在很大程度上还依托于外部的联盟,即祝家庄与扈家庄、李家庄的同盟关系。

俗话说:"一根筷子轻轻被折断,十根筷子牢牢抱成团。"祝家庄在三庄联盟的背景下稳固得如铁桶一般。

可是正所谓"成也萧何,败也萧何"!

祝家庄之所以在前期能够大败梁山,后期却被梁山大败,其实都与这个看似强大的联盟有着极其密切的关系。

一、联盟中各派的矛盾是贯穿整个事件的主线

从表面上看,水泊梁山与祝家庄的矛盾是主要矛盾,但实际上,联盟内部的斗争才是问题的主要症结。

在祝家庄、李家庄和扈家庄的三庄联合中,祝家庄兵强马壮,一庄独大。祝朝奉不但拥有祝龙、祝虎、祝彪三个儿子,还外加铁棒教师栾廷玉,可谓人多势众、兵强马壮。

李家庄和扈家庄实力稍逊,但二者之间实力相当,实际上维持着一种微妙的强势平衡。

但是自从祝彪与扈三娘订婚后,三庄之间相对的平衡就被打破了。

祝彪与扈三娘之间的婚姻实质上是一桩"政治婚姻"。

祝、扈两家结亲后,祝家庄便将扈家庄更紧密地捆绑在了自己的战车之上。

但同时,李家庄与扈家庄的强势均衡不再能够继续维持,力量的天平已经完全向着祝家庄倾斜了,李家庄在三庄联盟中事实上处于被疏远和被孤立的位置上,甚至有被边缘化的危险。

正是由于李家庄在联盟中的尴尬位置,才引发了以后的一连串故事。

二、李应"两修生死书"的内幕

"三打"故事的起因是因为杨雄、石秀、时迁三人从蓟州投奔水泊梁山而引发的。

故事的经过大致是这样的:

杨雄、石秀、时迁三人路过祝家庄住宿,时迁偷了店家的报晓公鸡,引发冲突。

杨雄三人杀伤祝家庄十几名庄客后,时迁被擒,杨雄、石秀逃脱。

逃跑途中,杨雄、石秀邂逅李家庄大管家鬼脸儿杜兴。

因为杨雄曾经对杜兴有过救命之恩,所以杜兴自告奋勇去解救时迁。

在杜兴的要求下,李家庄庄主扑天雕李应给祝朝奉写信,要求祝家庄放还时迁。

但是祝家并未放人,李应又写了第二封书信,并由杜兴亲自前往祝家庄送信。

祝家三儿子祝彪接到李应手书后,拿过来看也不看,用手撕个粉碎,并对杜兴一顿大骂,还要扣留杜兴,杜兴拼命逃出。

这段故事被称为"扑天雕双修生死书"。

看了这个故事,给我们的第一印象是:祝彪小子也忒大胆了,就因为时迁自称与水泊梁山有些瓜葛,祝彪就认为李应私通梁山,完全不顾祝朝奉与李应八拜结交的情分,将本来可以和平解决的问题激化,最后双方甚至不惜兵戎相见,真是太不懂事了!

但事实上,真正的错误可能并未出在祝彪和祝家庄身上,有问题的恐怕应该是李应。

生活中也好,社会上也罢,往往越是被人们忽视的人,越是会起到

堡垒是如何从内部崩溃的
——李应是祝家庄覆灭的始作俑者

意想不到的作用。

李应无疑就是这样的人。

按道理说,李应如果真想帮杨雄、石秀解决问题,就应该放下身段,亲自去祝家庄求情,而不是写封不痛不痒的书信,盖个印章,打发手下人送去。

并且,要想真的放出时迁还有一个很重要的议题不能绕过,那就是赔偿。

杨雄三人无端伤了人家祝家庄十几人,放火烧了人家客店,经济赔偿是天经地义的事情。

但李应并没有提出赔偿,只是由管家杜兴说了句:

烧了官人店屋,明日东人自当依旧盖还。

我们不禁要问,江湖上颇负盛望的扑天雕竟然连一点起码的世故人情都不懂!

事实上,李应不是不懂江湖规矩,他所做的一切不过是故意为之罢了。

一段时间以来,李应看着祝家庄的手越伸越长,特别是祝彪与扈三娘定亲后,扈家庄与祝家庄已经成为铁板一块了,可是自己竟然无计可施。

此时,孤独和失落在李应的心里就像春天阳光下的杂草一样不断滋生、蔓延。

正当李应百无聊赖的时候,杜兴带着杨雄、石秀来了。

真是天赐良机,李应决定以"时迁事件"为契机,想方设法将矛盾扩大,目的是将梁山的祸水引向祝家庄。

李应先是通过"两修生死书"激化了矛盾,接着又披挂上马与祝彪大战十七八个回合，最后还挨了祝彪一箭，李家庄与祝家庄的界线俨然已经彻底划清。

敌人的敌人一般一定是朋友。

李应已经预见到了：一旦梁山的大军开到，祝家庄和扈家庄将悉数被灭，到那时，独龙冈就将是李家庄的天下。

后来故事的发展基本上是沿着李应的预想进行的。

由于李应无法帮忙救出时迁，那么杨雄、石秀只好去梁山求救。

杨雄、石秀说：

既是大官人被那厮无礼，又中了箭，时迁亦不能够出来，都是我等连累大官人了。

李应闻知，正中下怀，说：

非是我不用心，实出无奈，两位壮士只得休怪。

而且还要叫杜兴取金银相赠。

至此，三庄联合的坚固堡垒已经坍塌了一半。

在后面的梁山与祝家庄的争斗过程中，虽然李应一直闭门不出，但实际上是帮了梁山的大忙。因为谁都知道，失去了一条臂膀的祝家庄是挺不了多久的。

到这时，我们就明白了李家庄的庄主为什么叫做李应了，其实李应是"里应"的谐音，说明李家庄已经成为三庄联盟中的亲梁山派了。

至于"扑天雕"的绰号就更有深意了，从表面上看，扑天雕是努力往天上飞的雄鹰，代表着凶猛和能力超强的意思，但其含义其实更深。

因为梁山的宣传口号是"替天行道"，那么扑奔天际的大鸟实际上指的是向往和投奔梁山的人。

三、扈三娘的被捉瓦解了最后的联盟

与李应的态度截然不同的是扈家庄,因为联姻的关系,扈家庄在与梁山的对抗中表现得非常积极,扈三娘一个人就有包打天下的气概。

在两军对阵中,扈三娘先活捉了矮脚虎王英,接着力敌欧鹏、马麟,然后又试图采取斩首行动——捉拿宋江。幸亏林冲相救及时,宋江才化险为夷。

接着林冲擒获扈三娘,整个战争形势发生了根本性的逆转。

为了挽救扈三娘的性命,扈家庄退出了战斗,并由扈三娘的哥哥扈成箪食壶浆,犒赏梁山军兵,至此,祝、扈、李三庄联盟宣告正式瓦解。

失去了李家庄和扈家庄的支撑,犄角之势不再,祝家庄顿成死庄一座。

我们说,即使没有孙立、孙新的"木马计",水泊梁山就是围也能把一个孤零零的祝家庄围死,祝家庄失败的命运从这时就已经注定了。

四、整个联盟没有赢家

祝家庄想在联盟中进一步扩大自己范围,密切与扈家庄的关系,结果破坏了力量平衡,引发了一系列灾难性的后果,祝朝奉一家被灭门。

李家庄因为不满祝家庄势力的扩张,企图借梁山的力量削弱对方,却引火烧身。李应在梁山剿灭祝家庄后,也被宋江骗上了梁山,李应想独霸独龙冈的梦想就此落空。

或许正是因为一山容不下二虎的缘故,所以三庄建庄之地才被叫作独龙冈吧!

扈家庄在梁山、祝家庄、李家庄三股势力之中进退维谷,力求在夹缝中求生存，最终也遭受了灭门之灾，教训不能说不深刻。

当我们在试图打破一种平衡的时候，有时可能会带来另一种与自己预先设想完全相反的结局，这或许就是"三打祝家庄"这个故事带给我们的启示吧！

破解一个千古之谜
——栾廷玉的去向问题

说起祝家庄就不能不提一个千古之谜，就是栾廷玉的去向问题。

栾廷玉是祝家庄的教师爷，武艺精湛且足智多谋，曾经给水泊梁山带来过很大麻烦。

但栾廷玉最引人注目的不是其精湛的武艺，也不是过人的谋略，而是他的最终去向。

我们知道，栾廷玉并没有像其他反面人物那样，在其所属的集团被梁山好汉打垮后，被砍头，或是被挖心，甚至像史文恭那样被凌迟。

栾廷玉的结局竟然与众不同。

在大破祝家庄之后，栾廷玉便不见了踪影。很多人对于栾廷玉的这个结局都深感意外，甚至不愿接受。最典型的就是金圣叹，他对《水浒》中的两个人物的最后结局颇为不解，一个是第一个出场的八十万禁军教头王进，另一个就是栾廷玉。

对王进不解，是因为王进第一个出场，并且武艺高强，但在书中的故事仅仅就是一个出走延安府，到后来竟不知所终。刚一出场，后面就没戏了。

对于栾廷玉呢，金圣叹不解其最后到底是死了还是逃了？

因为关于栾廷玉的去向问题，只是在众头领向宋江献功时，宋江嗟叹了一句：

可惜杀了栾廷玉那个好汉。

如果根据这句话就判断栾廷玉被杀了，绝对是说不过去的。

像栾廷玉这么重要的人物，如果被杀早就应该有头领上前领功，而不能这样悄无声息地就画上了句号。

那么栾廷玉是否死在了乱军之中呢？

这种可能性也是微乎其微的。

栾廷玉是祝家庄的第一高手，也是《水浒》整部书中的超一流人物，栾教师一个人就可以让梁山"好汉"在正面无法攻破祝家庄。

如果栾廷玉真的死在乱军之中，其结果与其自身具备的能力完全不符。

另外，栾廷玉如果死了，也是要见到尸首的。

按照宋江所标榜的"江湖义气"的一贯做法，大约一定要厚葬栾廷玉的。

栾廷玉活不见人，死不见尸，这是一个不争的事实。用今天的说法，把栾廷玉列入失踪人员名单是最为合理的。

宋江的那句"可惜杀了栾廷玉那个好汉"，只不过是一种推测罢了。

那么，栾廷玉到底去了哪儿了呢？

下面，我就带大家来揭开栾廷玉去向的谜底。

在我看来，栾廷玉其实是被孙立放走的。

为什么这么说呢？

这事要从水泊梁山第三次攻打祝家庄说起。

水泊梁山以救时迁和杨雄为名，先后发动了两次对祝家庄的攻打。但是在祝家三虎和栾廷玉的指挥下，水泊梁山的攻势均被轻松化解。

宋江无奈，被迫组织第三次攻打祝家庄的战斗。

第三次攻打祝家庄之所以能够顺利获胜，不是由于水泊梁山好汉的本领有多大长进，而是由于登州提辖孙立带着家眷、亲朋卧底祝家庄成功。

由于孙立和栾廷玉是同门师兄弟，孙立就以看望栾廷玉的名义进入祝家庄。

当时，孙立带着兄弟孙新以及各自的家眷以换防驻地为名，假装路过祝家庄，顺便看望栾廷玉。

由于同门师兄弟的关系，栾廷玉对孙立格外关照。

孙立等人择机杀死庄客，打开庄门，把梁山兵马引入庄中，祝朝奉一家被一网打尽。

从事情经过可以看出：孙立与栾廷玉不但远日无冤、近日无仇，而且两个人的个人关系相当好。

可是孙立为了本集团的利益，利用了栾廷玉，并导致栾廷玉所属的阵营彻底失败。

就孙立与栾廷玉的个人关系看，大破祝家庄后，如果栾廷玉不投降梁山，孙立无论如何也应该放栾廷玉逃走的。

孙立已经害得栾廷玉失去了雇主，孙立如果再把栾廷玉杀死就太不厚道了。

除了上述的分析之外，还有另一个称不上证据的证据。

我们仔细阅读《水浒》，就会发现里面的姓氏十分有趣，往往姓氏都有善恶之分。比如说，姓潘的都是淫妇，并且最后都死得很惨，像潘金莲和潘巧云。

而施老对姓孙的评价则一点不低。

当年负责审理林冲持刀误闯白虎堂一案的孔目孙定就是一个代表。

如果不是孙定据理力争,林冲恐怕早就以行刺"国防部长"、图谋军事政变的名义被就地正法了。孙定通过仔细查证,没有受高俅的影响、秉公办案,最终保全了林冲的性命。

一个下级官吏,敢于违背太尉的意图,那应该需要多大的勇气和正义感呀!

书中是这样描写孙定的:

孙定因为为人最耿直,心肠慈善,大家称之为"孙佛儿"。

《水浒》中还有一个姓孙的是孙二娘。孙二娘虽然在江湖上被称为母夜叉,开黑店、卖人肉包子,但是孙二娘在江湖中的为人并没有什么问题。

就拿孙二娘结识武松的事情来说吧,孙二娘与武松不打不相识,认识了武松之后,孙二娘和丈夫张青一直对武松关照有加。

我们从施耐庵对孙氏人物的态度上,可以推断出一定是孙立放走了栾廷玉。

另外,从一百单八将的排名上,同样可以印证孙立放走栾廷玉的事实。

宋江、吴用等人排定一百零八人的座次是有讲究的。

排名靠前的无非是这样几类人,第一是资格老的,第二是贡献大的,第三是上梁山之前职级比较高的。

如果从这几个标准看,孙立及其兄弟孙新无论如何都是应该被列入三十六天罡星的位次里的。

论资格，孙立、孙新肯定要比徐宁、呼延灼上山早；论贡献，如果没有孙立、孙新，攻破祝家庄还要耗费更多时日和代价；论职级，孙立官拜登州提辖，是和鲁智深平起平坐的人物。

但是宋江仅仅给劳苦功高的孙立、孙新授了个地煞星的"军衔"。

最合乎情理的解释就是：宋江怀疑孙立放走了栾廷玉。

面对孙立这种有组织、无纪律的行为，在"评衔"时，将孙立的等级降下一格，予以警示。

将星闪耀
——梁山好汉排名中的玄机

《水浒》的看点很多,其中包括:对人物形象鲜活逼真的塑造、对人物性格细致入微的刻画、对故事情节扣人心弦的设计等等,除此之外,《水浒》区别于其他文艺作品的地方还在于它独特的人物大排队。

在《水浒》中,一百零八条好汉不仅有名有号,而且一百零八人还分别对应了三十六天罡星和七十二地煞星。每个人有排名、有座次,整个排位结构精巧、井然有序,绝对称得上是文学史上的大手笔。

仅此一项就足够让大家拍案称奇的了。

但是外行看热闹,内行看门道。当我们剥开一百零八名好汉排名的华丽外衣,就会发现其实里面的门道着实不少。

一、为什么要对一百零八个人进行大排名?

对一百零八个人进行大排名是由水泊梁山的性质决定的。

我们知道,水泊梁山的一百零八人是个大的反政府团伙,而这个反政府团伙又是由若干个小团伙联合形成的。

梁山势力虽大,但人员成分很杂,宋江手下的一百零七人当中既有王伦、晁盖留下的旧部,也有从清风山、二龙山、桃花山、白虎山归顺过来的人马,还有零打碎敲从官军中俘虏和招降过来的军官。

这些不同成分的人在大敌当前、共同反抗政府的围剿时,是可以暂时做到铁板一块的。但是,一旦外敌压力减轻,这些江湖人士就可能显露本性,逞强斗狠、互不服气,不同山头和团伙的矛盾可能激化,形成摩擦和火并。

而当宋江以上天的名义,规定好了每个人的排名后,大家就可以按照排名顺序处理内部事务了。

每个人按照排名享受自己的权利和承担相应的义务,排名低的无条件服从排名高的。这样,"谁也不怕谁,谁也不服谁"的局面也就消除了。

一百单八将的排序实际上是宋江为梁山设计的政治新秩序的最核心内容。

这种新秩序除了可以按排名尊卑妥善处理内部事务外,还有其他的好处。

第一,每位头领不管能力大小,本事如何,都有位置,落得人人有份、个个高兴。

第二,对一百零八人进行不分层次的大排名,可以减少中间领导层,实现扁平化管理,保证宋江对集团的绝对控制。换句话说,一百零七个头领只对宋江负责,由于管理层级减少了,不容易形成新的利益集团,便于宋江分而治之。

二、梁山排名的依据是什么?

社会是隐蔽的江湖,江湖是另一种形式的社会。

虽然宋江假借上天之名,利用人敬畏上天的思想大搞了一通"开天

眼"、"挖石碣"和"授天书"的闹剧,把排名说成是上天的安排,但他在排位上最大程度地遵循了社会原则,因而,得到了大多数人的认可。

否则的话,即使是天书,大家也不会买账的。

一百零八人的排名中实际上是遵循了这样一些原则的:

第一,论资历。

凡是超过一定上山年限的,优先考虑排名。

宋江的第一把交椅是从晁盖手中接过的。从情理上讲,宋江必须要善待曾经与晁盖出生入死的兄弟们的。因此,当年与晁盖一起智劫生辰纲的人绝大多数都得到了靠前的排名。吴用、公孙胜、阮氏三雄都位列三十六天罡,至于一起劫取生辰纲的白胜为什么被列入七十二地煞呢?主要不是因为白胜水平低、能力差、贪杯好赌,而是因为白胜这个人信不过、靠不住。

托塔天王晁盖等八人之所以被迫占山为王,就是因为智劫生辰纲案件东窗事发而造成的。

而案件露馅的主要原因就是因为白胜赌钱露出了马脚。而且,白胜还意志薄弱,经不住官府的严刑拷打,很快将晁盖招供出来。

如果不是白胜做事不检点,晁盖、吴用等人会在一夜暴富后仍然混迹于主流社会中,过着自己希望的荣华富贵生活。

就因为白胜的行为,让大家不知跟着吃了多少苦。

所以白胜入伙虽早,但排名位列一百零六位,在梁山大排名中列倒数第三,也算是对其立场不坚定的一个惩罚吧!

第二,也论贡献。

贡献的比重虽然在梁山的排名中作用不大,但是对梁山做出过重大贡献的人也是得到认可的。

比如小旋风柴进虽然上山较晚,但是柴进对梁山的贡献可谓独一无二。柴进一直暗中接济梁山,凡是被官府追缉的案犯,柴进利用自己是周世宗柴荣后代的特殊身份,竭尽全力地窝藏、容留、周济这些案犯,没有柴进,恐怕许多梁山"好汉"可能都会死于非命的。同时,考虑到柴进的政治影响,他的位置更应靠前,这样,他就被排在了前十位。

再比如林冲,林冲能排名第六,不是因为他上山早。

如果单论年头,杜迁、宋万和朱贵的"工作年限"都早于林冲,但这三个人只落了个地煞星的后半部分的排名。

林冲的排名应该说是纯粹凭贡献。当初林冲在晁盖与王伦的矛盾中,率先跳出来支持晁盖,并手刃了王伦,对新梁山事业的发展做出了不可磨灭的贡献。宋江如果不用这样的人,一定是要背上忘恩负义的骂名的。

所以不重用林冲是万万不行的。

第三,搞平衡。

梁山好汉来自五湖四海,出身迥异,要想让水泊梁山的大旗不倒,就得让形形色色的人都有信心、都有奔头,所以宋江亟须在靠前的排名中安插各个阶层的代表。

例如,关胜、呼延灼、索超等人是政府中投降军官的代表,把这部分人放在前面,可以吸引更多的官军加入到梁山队伍中来。

鲁智深长期占据二龙山,是其他山头的代表,把鲁智深列到第十三位,是对其他山头土匪投奔梁山的褒奖。

解珍、解宝是淳朴农民的代表,将解家兄弟列入三十六天罡可以对农民出身的人有个交代。

光有农民不行,梁山也同样需要财主,为取得地方乡绅的支持,大财主卢俊义竟然排到了第二把交椅的位置。对于梁山来说,他们似乎更需要卢俊义这样能带着万贯家财的人前来入伙。

第四,凭关系。

关系在好汉中排名的作用要远远大于以上三个方面。具体地说,就是凡是和宋江关系好的都可安排在前三十六名之内。

与宋江最为要好的李逵自然不在话下,位列第二十二。

除了李逵,与宋江要好的就应该是花荣了。当年宋江畏罪潜逃时,离开柴进后直接去找的就是花荣,所以花荣竟然排到了第七位。

花荣的妹妹被宋江做主嫁给了秦明,秦明的排位也在前面。

混江龙李俊和张横、张顺兄弟都是宋江在江州拉起的嫡系,排位自然不能靠后。他们三人被排在了前三十位。

对了,还有宋江在郓城县的两个差役朋友——朱仝和雷横,两个人对宋江都有救命之恩,所以不管本事大小,全都位列上将。

第五,要安抚。

除了上面的几种情况,石秀的情况就比较特殊,这个人哪边都靠不上,但也能位列天罡,这主要是由其性格决定的。石秀绰号"拼命三郎",是地道的亡命徒。世界上的任何领导都怕横的,如果这个人对排名不满意,喝点酒闹将起来,水泊梁山恐怕难以太平。因此,从安抚的角度考虑,石秀也位列天罡。

卢员外的志向
——卢俊义是否真的弱智？

玉麒麟卢俊义是梁山二号人物，武艺高强，号称棍棒天下无双。

人一有能耐，麻烦往往就来了。宋江、晁盖看中了卢俊义的武艺，试图想让他的所学所用服务于梁山，于是就设计了一条连环毒计，将卢俊义骗至水泊梁山。

先是由吴用与李逵化装成算命的道士，利用当时人们的迷信心理，将卢俊义诱至梁山附近。

当卢俊义带领家丁行至梁山附近时，众人又与卢俊义展开车轮战，将卢俊义引入水泊深处，最后浪里白跳张顺在水中将卢俊义擒获。

在整个诱骗卢俊义的过程中，军师吴用可谓机关算尽。在卢俊义家中，吴用给卢俊义算卦，告诉卢俊义百日之内，必将身首异处。

卢俊义忙问有何破解之法？

吴用说，除非到东南方一千里以外的地方，才可避此大难。

这东南方一千里以外的地方，恰恰就是水泊梁山。

尽管燕青和妻子贾氏百般相劝，卢员外却保命心切，非要到东南避祸不可。

从卢俊义的表现来看，真的十分弱智。卢员外简直是一个让人卖了还高兴替人数钱的人。

特别是当燕青已经直接指出问题的核心以后，卢俊义仍坚持非去东南不可。

燕青说，东南所去之地正是宋江等人打家劫舍的地方，而算命先生定是梁山泊歹人，假装做阴阳人，来煽惑主人。

但卢俊义置若罔闻。

从此以后，卢俊义噩运连连，不但家破而且险些人亡，多次命悬一线，危情万分。

难道卢俊义真的是弱智吗？

其实不是。

我们读书也好，做事也好，必须有个基本原则，就是"观其大略"，也就是说一定要从全局的角度来观察问题，而不能被一些细枝末节的东西羁绊住自己。

读《水浒》也一样，施老对人物刻画入木三分，细节描写使人身临其境，但我们却千万不能被一些枝节问题所迷惑，进而影响了我们对整个故事的认识和把握。

就拿卢俊义的事情来说吧，如果我们真的认为卢俊义弱智地听信了吴用的一派胡言，就大错而特错了。

其实卢俊义不但并不弱智，而且智商超常。

既然卢俊义智商超高，为什么还要听信吴用的谎话，非去东南水泊梁山附近呢？

因为卢俊义想去会一会梁山歹徒。

从吴用的表演来看，其演技并不高明。吴用的那套骗术在江湖上司

空见惯，与吴用同去的李逵一看就可以看出绝不是什么良善之辈。卢俊义常年经商、练武，行走于江湖之上，吴用的这点伎俩应当是瞒不过卢俊义的。

卢俊义大约像燕青一样，一上来就看出了吴用的破绽，只是不愿说破，故意让吴用表演下去。

当吴用说出让卢俊义到泰安州避祸的时候，实际已经亮明了他的梁山身份。

对此，卢俊义只好接招。

也许有人会说，卢俊义是否可以像燕青和贾氏夫人说的那样，哪也不去，在家待着，贼人自然无隙可乘。

燕青和贾氏夫人的话听起来可能有些道理，但事实上则是行不通的。

有俗语讲得好："不怕贼偷，就怕贼惦记。"

既然水泊梁山已经找上门来了，躲能躲得过去吗？即使躲得了初一，也躲不了十五。达不到目的，梁山可以再想别的办法。

与其待在家里被动防守还不如索性主动出击。

当卢员外看明白了这点后，断然以经商、旅游和进香为名，前往梁山独自剿匪。

为什么这么说呢？

如果去泰安的目的真是避祸，至少也应该乔装改扮，以省去许多不必要的麻烦。

卢俊义却反其道而行之，一路上高调走来。

动用了十部太平车、十个脚夫和四五十头拉车的牲口，浩浩荡荡一路走来。

卢员外的志向
——卢俊义是否真的弱智？

具体的货物并没有交代，只是说让管家李固把行李装上车子，行货拴缚完备。

等到了梁山的实际控制区，卢俊义更是别出心裁，从衣箱里拿出早已装备好的四面白绢小旗，插在车子上。上面写着四句话：

慷慨北京卢俊义，远驮货物离乡地。一心只要捉强人，那时方表男儿志。

这哪里是去泰安经商，分明是拿着运货的车辆做诱饵，引诱梁山贼人前来打劫，以便擒拿对方。

当管家李固和店小二对卢俊义在车上插旗的行为表示异议时，卢俊义就对他们明讲了：

我特地要来捉宋江这厮！我思量平生学的一身本事，不曾逢着买主！今日幸然逢此机会，不就这里发卖，更待何时！我那车子上叉袋里不是货物，已准备下一袋熟麻索！倘若这贼们当死合亡，撞在我手里，一朴刀一个砍翻，你们众人与我便缚在车子上！撇了货物不打紧，把这贼首解上京师，请功受赏，方表我平生之愿。

这下大家看明白了吧。

在卢俊义看来，我老实在大名府的家里待着，没招谁，没惹谁，水泊梁山的贼寇竟然跑到我家里来信口雌黄，没事儿找事儿，我正好利用这个机会将梁山贼首捉拿归案。

顺着这个思路，我们就很好理解卢俊义为什么带李固却不带燕青去泰安了。

因为卢俊义知道梁山好汉没安好心，家里需要像燕青这样武艺高强的人来保护，所以让燕青在家里守候。

但卢俊义没有想到，梁山人打自己的主意已是蓄谋已久，在一个人与一群人的对抗中，卢员外自然落败下风。

可怜卢俊义忠肝义胆，一心想为民除害，报效国家，到头来却被贼人陷害，最终不但不能上报国家、下拯黎庶，反而身落虎口，陷于污泥浊水之中，还要与那些曾经极力迫害自己的人为朋做友，教训实在不能说不深刻！

可是教训归教训，卢俊义的事情如果真的轮到了你我的身上，我们还有比卢员外更高明的办法吗？

我看未必！

王伦与吴用
——《水浒》中的两大知识分子

既然中国社会中存在"知识分子"这么个特殊的阶层,那么在社会的政治生活中就常常活跃着知识分子的身影,水泊梁山也不例外。

梁山之上够称得上知识分子的人物大约只有两个:一个是王伦,一个是吴用。

虽然萧让和金大坚总体上也属于知识分子的范畴,但是两个人只是字写得好、碑文刻得好而已,因而表现机会不多。

王伦和吴用则成为《水浒》中的典型的知识分子的代表。

王伦和吴用虽然同为知识分子,但两个人的反差却很大。

先说王伦吧,王伦是个不第的秀才,也就是说是个"高考落榜生"。

榜上无名,脚下有路,通过占山为王,王伦照样可以实现自己的人生价值。

但王伦毁就毁在自己的知识分子出身上了。

因为圣贤书读多了,连江湖上起码的规矩都淡忘了。

当时王伦与朱贵、杜迁、宋万在山寨上建立了一个和谐团队,大家心往一处想,劲往一处使,在绿林独树一帜,是何等风光!

但是,林冲的加盟入伙就把一切原有的格局都打破了。

按道理上讲，面对一个武艺高强，并且背负三条人命的林冲，王伦需要做的首先是应该保护好自己。

但是知识分子出身的王伦顾虑太多。

最大的顾虑就是碍于柴大官人的面子，所以想以"投名状"的方式对林冲刁难一番，其目的是让林冲赶紧走人。

但是遇到林冲这样看不出眉眼高低、死活要入伙的人，王伦也没有见死不救，最终还是动了恻隐之心、收留了林冲。

可是林冲并不领情，等到晁盖上山后亲手杀了自己的恩人。

王伦实际上是被自己接近迂腐的单纯害死了。

而另一个知识分子吴用，则截然相反，在江湖中表出了超常的灵活性。

按派别说，吴用应该是晁盖的嫡系，宋江当上"一把手"后，吴用应该列入清洗，或者说是限制使用的人员名单，但吴用却能够左右逢源，仍然在宋江的队伍里继续身居要职。

当然，这固然与吴用的能力有关，不管哪任领导都需要出馊主意的狗头军师，但是吴用善周旋、快转舵的特点则是其成功的最主要保证。

说他善周旋，是因为明明知道晁盖、宋江不和，也要置身其中，夹缝中求生存。与之相比，入云龙公孙胜就要超脱得多，一看一、二把手有火并的趋势，立马回家省亲，赶紧离开是非之地。

说他转舵快，是因为宋江得势后，能够及时跟上，为新主子出力。

就拿下山诓骗卢俊义这段故事来说吧，我们平时什么时候见过吴用单独下山执行过任务？

可是，吴用这次却偏偏去了。

因为吴用要讨得宋江的欢喜。

当时的情况是,晁盖刚死,梁山形势剧变。吴用为了向宋江表示忠心,毅然打破了从不单独下山的惯例,带头向领导请缨,宋江能不感动吗?

并且,为了让宋江放心,特意要宋江的心腹李逵陪同前行,宋江能不满意吗?

经过吴用的一番表演,卢俊义前往梁山被捉。

卢俊义的上山,大约也是吴用送给新主人的一份厚礼吧!

对立面里的好人
——梁中书的为人与处事

中国人看问题喜欢绝对化,往往非左即右。看人呢,喜欢拿立场划线,常常是:谁反对自己谁就是坏人。

就拿《水浒》当中的反派人物来说吧,高俅、蔡京、童贯、杨戬是《水浒》中的"四大奸贼",梁山与"四大奸贼"的斗争主要体现在政策对立上,"四大奸贼"一直主张围剿梁山,并反对招安。

真正面对面进行斗争的不是"四大奸贼",而是地方官员,主要集中在这几个人身上:

青州的慕容知府、江州的蔡九知府、高唐州的高廉和北京大名府的梁中书。

这四个人处处与水泊梁山作对,完全可以称得上为"四小奸贼"。但是我们细读《水浒》就会发现梁山的对立面中的人物也有好坏之分,比如大名府之中的梁中书,就是一个很不错的好人。

一、梁中书身上并无劣迹

有关梁中书的事情前面我也提到过,其故事主要集中在两件事上:

第一件是智劫生辰纲，晁盖、吴用等人劫的就是梁中书的财宝。第二件是和卢俊义有关，因为梁中书是卢俊义的父母官，对卢俊义的羁押、审讯、发配都由梁中书负责，为救卢俊义，水泊梁山攻打了大名府，导致梁中书战败而逃。

在两段故事中，梁中书的表现应该称得上是中规中矩。

中书大人虽然为朝廷做事，是梁山的死敌，但是他在做人做事方面，特别是在人性和品行方面，没有任何偏差。

比如在处理卢俊义的问题上，梁中书的做法基本上是符合实事求是的原则的，在处理问题的分寸上也把控得较好。

当时，卢俊义受管家李固的实名举报，梁中书遂以通匪罪将卢员外收监。

梁中书作为地方官，正确行使了他的权力。

但是随着调查和审讯的深入，卢俊义虽然滞留匪窝多时，但并没有十足的证据证明其通匪，所以梁中书也并没有加害卢俊义。

即使李固一再明里暗里不住地要求处死卢员外，梁中书还是不为所动，最终试图以流放卢俊义去沙门岛的方式结束此案。

梁中书基本能够做到秉公执法。

二、梁中书"知恩图报"

梁中书之所以能够当上大名府的最高行政长官，主要得益于其岳父蔡京的保举。

我们暂且不去评论蔡太师保举自己女婿的做法是否正当，但仅就梁

中书的个人人品而言，还是可圈可点的。

就说连续两年进献生辰纲的事吧，虽然价值十万贯可能是虚指，但我们不管是多少钱的礼物，梁中书知恩图报的心情还是让人高看的。

梁中书为报答蔡京的提携恩情，不畏艰辛，两次派人去东京进献生辰纲，从一个侧面反映出了梁中书的人品。

三、梁中书爱才、惜才

北京大名府临近北宋边陲，是国防重镇要地，为了把好国家的北大门，梁中书千方百计网罗人才、提拔人才，并引导他们为国家服务。

就比如杨志吧：杨志因为在东京杀死了泼皮牛二，被充军发配到了大名府。

杨志本是一个流放的配犯，但因为梁中书发现杨志有一身好武艺以及自己美好的人生理想，用杨志的话说就是希望："边庭上一枪一刀，博个封妻荫子"。

所以梁中书并不把杨志的罪犯身份看成障碍，极力加以提拔任用。通过一场"北京斗武"把杨志提拔成中层军官。

再如董超、薛霸：两个人在东京做解差时，因为没完成高俅安排的杀害林冲的任务，高俅将两人也一齐发配至大名府。

但是梁中书爱才、惜才，仍然将他们两人加以重用，并注意发挥两人的特长优势，仍旧让其从事解差的老本行工作。

虽然后来两人因为心术不正，受人钱财，企图杀害卢俊义而被燕青用箭射死，但是从梁中书的用人角度看，不但没有问题，而且处处闪烁着人性的光辉。梁中书对于有能力、有水平的人,总是处处留意,并且想方设法为其创造机会,试图改变这些人的命运。仅从这点来看,梁中书的做法无疑是难能可贵的。

四、梁中书做事留有余地

梁中书在大名府是一把手,又是蔡京的女婿,在大名府说一不二,完全可以为所欲为,但是我们发现梁中书做事往往留有余地。

当初,石秀跳楼劫法场未果,但卢俊义与梁山的联系却变得证据确凿了。梁中书如果是个不管不顾的人,完全可以立即处死卢俊义,但是梁中书并没有铤而走险,而是在试图解除梁山威胁后,再审理卢俊义的案件,卢俊义的性命因此得以保全。

因为梁中书留有余地的做事原则,也给自己留了条后路。

后来,当水泊梁山大破北京城后,梁中书以及主要家庭成员也全身而退,没有像刘高、高廉等人那样落个身死人亡的下场,这不能不说是作者的有意安排吧!

血色水泊
——梁山好汉制造的九大血腥案件

既然《水浒》说的是黑社会的事，那么黑社会里常见的暴力、凶杀自然会充斥其中。

我们先说暴力吧。

可以靠正常手段解决问题的，《水浒》中的所谓好汉们几乎全部都用暴力解决。

例如鲁达听了金翠莲的哭诉，三拳打死了镇关西。

如果不是金家父女侥幸逃脱，被官府捉住的话很可能也会被认定成鲁达的同谋。

到那时，鲁达救人不成，还会害了金家父女二人。

再比如杨志东京城里卖刀，遇到喝醉了的泼皮牛二，后者非要强夺杨志的宝刀。

凭借杨志的身手，将其掀翻在地，暴打一顿或者拿起宝刀转身就跑应该是完全没有什么问题的，可是杨志却一刀戳死了牛二。

《水浒》里面拼的是硬实力，正所谓"成者为王，败者为寇"，至于是否伤天害理，则全然不顾。

《水浒》中除了暴力，就是凶杀。

整部书里全都充斥着凶杀,而且还有很多都是虐杀。

下面我们列举了梁山好汉制造的九大血腥案件。

鲁提辖拳打镇关西　　排名第九位　　血腥指数:★★★

鲁达三拳打死绰号"镇关西"的郑屠,虽然只有三拳,但是极尽血腥:

第一拳:

正打在鼻子上,打得鲜血迸流,鼻子歪在半边,却便似开了个油铺:咸的,酸的,辣的,一发都滚出来。

第二拳:

打得眼棱缝裂,乌珠迸出,也似开了个彩帛铺的:红的,黑的,紫的,都绽将出来。

第三拳:

太阳上正着,却似做了一全堂水陆的道场:磬儿,钹儿,铙儿,一齐响。

第一拳说的是味觉感观,镇关西的鼻子被打破,嘴里满是鲜血,血液的咸腥刺激了味觉;第二拳说的是郑屠的眼睛被打坏,血腥的色彩充了视野;第三拳说的是头被打晕,郑屠出现幻听现象,大脑嗡嗡直响。

三拳过后的情况是:

鲁达看时,只见郑屠挺在地上,口里只有出的气,没了入的气,动弹不得。

我们知道,"鲁提辖拳打镇关西"一文曾经入选过中学语文课本,将这么血腥的场景拿给未成年的孩子,不知出于何种心理。

我的语文老师当年在语文课上,也曾经对这个场景津津乐道,读起这段来满面笑容，饶有兴趣地欣赏着这一幕暴力美学。

虽然那时的我，在心中似乎有一丝隐约的不适划过内心，但那一丝的不适则很快就被老师的兴致和同学们的兴奋所淹没了。

这些或许都源于我们曾经生活过的那个时代吧！

武松夜走蜈蚣岭　　排名第八位　　血腥指数：★★★

武松离开孙二娘的黑店，连夜去投二龙山。看见飞天蜈蚣王道人搂着一个女人在窗前看月戏笑。

武松怒从心上起，恶向胆边生。"这是山间林下，出家人却做这等勾当！"便去腰里掣出那两口烂银也似戒刀来，在月光下看了，道："刀却是好，到我手里，不曾发市，且把这个鸟先生试刀！"

道童出来开门，武松大喝一声：

"先把这鸟道童祭刀！"

说犹未了，手起处，铮的一声响，道童的头落在一边，倒在地上。

杀死道童后，武松大战王道人。

当时两个斗了十数合，那先生被武行者卖了个破绽，让那先生两口剑砍将入来；被武行者转过身来，看得亲切，只一戒刀，那先生的头滚落在一边，尸首倒在石上。

王道人强占民女固然可恶，但武松为了试刀竟连杀两人，令人不寒而栗。

张顺赚请安道全　　排名第七位　　血腥指数：★★★★

话说宋江在攻打大名府的战斗中，突发背疮。为救宋江，张顺南下建康府，去请神医安道全。

安道全有个相好的妓女李巧奴不愿安道全离开。

正在张顺担心安道全是否能够与自己同回梁山的时候，曾经在路上差点害死张顺的截江鬼张旺前来找李巧奴厮混。

张顺一方面为了报仇，另一方面为了断了安道全的后路，杀死李巧奴、虔婆和仆人。书中是这样写的：

张顺走将入来，拿起厨刀先杀了虔婆；要杀使唤的时，原来厨刀不甚快，砍了一个人，刀口早卷了。那两个正待要叫，却好一把劈柴斧正在手边，绰起来，一斧一个砍杀了。房中婆娘听得，慌忙开门，正迎着张顺，手起斧落，劈胸膛砍翻在地。张旺灯影下见砍翻婆娘，推开后窗，跳墙便走。

张顺为复仇和断了安道全的后路竟然连杀四人，手段残忍，令人发指。

黑旋风乔捉鬼　　排名第六位　　血腥指数：★★★★↙

李逵和燕青在从东京回梁山的路上，借宿狄太公庄上，狄太公的女儿半年以来足不出户，也不让别人进屋，狄太公认为家中有鬼。

李逵自告奋勇前去捉鬼，发现狄小姐与村民王小二通奸。

李逵杀死二人。

李逵道："这等肮脏婆娘，要你何用！"揪到床边，一斧砍下头来，把两个人头拴做一处，再提婆娘尸首和汉子身尸相并，李逵道："吃得饱，正没消食处。"就解下上半截衣裳，拿起双斧，看着两个死尸，一上一下，恰似发擂地乱剁了一阵。

李逵表面上说是帮助狄太公，结果却杀死人家女儿，杀死之后，还要虐尸。

武松血溅鸳鸯楼　　排名第五位　　血腥指数：★★★★★

武松在飞云浦逃过张都监的杀害后，潜回孟州城中复仇，连杀十五人。

武松先杀死后槽，又杀死两个丫鬟，接着上楼，寻找蒋门神、张团练和张都监。

蒋门神急要挣扎时，武松早落一刀，劈脸剁着，和那交椅都砍翻了。武松便转身回过刀来。那张都监方才伸得脚动，被武松当时一刀，齐耳根连脖子砍着，扑地倒在楼板上。两个都在挣命。

这张团练终是个武官出身，虽然酒醉，还有些气力；见剁翻了两个，料到走不迭，便提起一把交椅轮将来。武松早接个住，就势只一推。扑地望后便倒了。武松赶入去，一刀先剁下头来。

蒋门神有力，挣得起来，武松左脚早起，翻筋斗踢一脚，按住也割了头。转身来，把张都监也割了头。

然后武松又杀了两个家人、张都监夫人、养娘玉兰、两个丫鬟和三个妇女。

我们常说，冤有头、债有主，武松复仇杀了蒋门神、张团练和张都监也就罢了，连亲信、仆人、丫鬟、养娘一概杀害就有点说不过去了，属于纯粹的滥杀无辜。

武松杀潘金莲　　排名第四位　　血腥指数：★★★★★

武松得知潘金莲害死武大郎后，杀嫂祭兄。

整个过程是这样的：

那妇人见势头不好，却待要叫，被武松脑揪倒来，两只脚踏住她两只胳膊，扯开胸脯衣裳。说时迟，那时快，把尖刀去胸前只一剜，口里衔着刀，双手去斡开胸脯，取出心肝五脏，供养在灵前。胁查一刀便割下那妇人头来，血流满地。

武松可以说是一个相当凶狠的人物。

杨雄杀妻　　排名第三位　　血腥指数：★★★★★

杨雄得知潘巧云与裴如海通奸，按照石秀的建议，将潘巧云骗至翠屏山。

杨雄向前，把刀先斡出舌头，一刀便割了，且教那妇人叫不的。杨雄却指着骂道："你这贼贱人！我一时间误听不明，险些被你瞒过了！一者坏了我兄弟情分，二乃久后必然被你害了性命！我想你这婆娘，心肝五脏怎地生着！我且看一看！"一刀从心窝里直割到小肚子上，取出心肝五脏，挂在松树上。

可怜潘巧云与杨雄做了一年多的夫妻，最后竟然落得如此下场。

李逵吃李鬼肉下饭　　排名第二位　　血腥指数：★★★★★＋

李逵杀死李鬼，李鬼的媳妇逃出家门。这时，李逵看见李鬼家的米饭熟了，就自己盛饭吃，但发现没菜肴下饭。

李逵自笑道："好痴汉！放着好肉在前面，却不会吃！"拔出腰刀，便去李鬼腿上割下两块肉来，把些水洗净了，灶里抓些炭火来便烧；一面烧一面吃；吃得饱了，把李鬼的尸首抛放屋下，放了把火，提了朴刀，自投山路里去了。

李逵生吃人肉，简直与禽兽无异。

李逵活剐黄文炳　　排名第一位　　血腥指数：★★★★★十

梁山"好汉"闹江州、劫法场后，又反攻无为军，捉得黄文炳。

黄文炳说："小人已知过失，只求早死！"

宋江便问道："那个兄弟替我下手？"只见黑旋风李逵跳起身来，说道："我与哥哥动手割这厮！我看他肥胖了，倒好烧吃！"

晁盖道："取把尖刀来，就讨盆炭火来，细细地割这厮，烧来下酒与我贤弟消这怨气！"

李逵拿起尖刀，便把尖刀先从腿上割起。拣好的，就当面炭火上炙来下酒。割一块，炙一块。无片时，割了黄文炳，李逵方把刀割开胸膛，取出心肝，把来与众好汉做醒酒汤。

至此，李逵已经将水泊梁山血腥、野蛮的行为发挥到了极致。

江湖险恶

——水泊梁山七大恶谋毒计

前面我们说了血腥，《水浒》里还不仅仅是血腥，血腥当中还掺杂着大量的阴谋诡计。

许多人上梁山不是被朝廷官府逼迫的，而是被梁山"好汉"逼的，下面我们就列举几个典型例子，来揭穿梁山"好汉"的险恶用心。

恶谋毒计第七名　吴用赚萧让、金大坚上山　恶毒指数：★★★

宋江在浔阳楼醉题反诗，水泊梁山为搭救宋江，计划伪造蔡京书信。

为了伪造书信和印章，吴用设计将民间著名书法艺术家萧让和雕刻好手金大坚诓上梁山。

吴用先是派戴宗下山找到萧让和金大坚，送给每人五十两银子，要求两人到泰安州岳庙里刻写碑文。

结果，萧金两人被骗上梁山。

萧让和金大坚也是财迷心窍、利令智昏，刻个碑文哪用得了五十两银子？为了这五十两银子，两个知识分子或者说是手艺人从此落入江湖。

恶谋毒计第六名　张顺逼迫安道全上山　恶毒指数：★★★★

张顺为了让安道全死心塌地和自己上山为宋江看病,将安道全的相好李巧奴一家四口杀死,然后用衣襟蘸血,在墙上连写了十几处:杀人者,安道全也!

安道全因此不得不屈从张顺。

可怜一代名医,就因为自己医术高明,而被梁山陷害,从此开始了自己的贼寇人生。

恶谋毒计第五名　汤隆赚徐宁上山　恶毒指数:★★★★

呼延灼用连环马进攻水泊梁山,要破连环马,必须使用钩镰枪。

这时,汤隆献计说,自己的表哥徐宁精通钩镰枪法,并告诉宋江、吴用如何骗取徐宁上山。

吴用按照汤隆的计策,派时迁盗甲,由汤隆出面以追回宝甲为名将徐宁诱至梁山。

为了断绝徐宁的归路,汤隆以徐宁的名义打劫客商,徐宁因此受到官府通缉,不得不上梁山入伙。

徐宁堂堂一个八十万禁军教头,竟然被自己的表弟陷害,不知大家看了是何种滋味。

恶谋毒计第四名　宋江骗李应上山　恶毒指数:★★★★

在攻打祝家庄的三次战役中,李家庄的扑天雕李应保持中立,按照"不反对我们,就是和我们站在一起"的原则,支持梁山。

待梁山攻破祝家庄后,宋江却派人假扮官府公职人员将李应以私通梁山的罪名逮捕,半路之上又派林冲、花荣等人将其救出。

同时,由梁山的另一路人马将李家庄一把火烧掉,把李应的一家老小及其全部家产骗至梁山。

梁山对于李应的帮助不但不以恩报恩,却恩将仇报,可谓恶毒之至。

恶谋毒计第三名　吴用赚卢俊义落草　恶毒指数:★★★★★

宋江从龙华寺的僧人口中得知卢俊义武艺高强,便有了让卢俊义上山的念头。

吴用为了让卢俊义上山,以算卦为借口,将卢俊义骗上梁山。

管家李固以为卢俊义已经在梁山落草,为了霸占卢俊义的家产和卢妻贾氏,遂实名告发卢俊义。

号称北京三绝的卢俊义从此家破人亡、自己也身陷囹圄,并且多次命悬一线。

上山后,卢俊义完全成为宋江、吴用的工具,被宋江、吴用利用,成为攻城拔寨、打家劫舍、对抗官府和其他土匪武装的一件利器。

恶谋毒计第二名　宋江拉秦明入伙　恶毒指数:★★★★★

宋江在清风寨遇险,被清风山的燕顺、王英和郑天寿搭救,慕容知府派霹雳火秦明进剿清风山,秦明失利被捉。

但是宋江却不杀秦明,而是让手下人穿上秦明的衣服,攻打青州,杀死无数百姓。

慕容知府不知是计,一怒之下杀了秦明的全家老小,并通缉秦明,秦明不得不落草梁山。这段故事被称为"霹雳火夜走瓦砾场"。

宋江网罗人才的办法是在滥杀无辜和卑鄙地断人后路的基础上实

现的。

秦明因为宋江的毒计不但使自己脱离了主流社会,而且赔上了一家老小的性命,其代价恐怕是所有梁山好汉中最大的!

恶谋毒计第一名　李逵斧劈小衙内　恶毒指数：★★★★★＋

如果说宋江逼秦明夜走瓦砾场是对人类生命和世间情感的践踏,那么李逵斧劈小衙内就是对世间公理和道德良知的公然侮辱。

沧州知府本来与梁山远日无冤,近日无仇。

宋江仅仅是为了骗朱仝上山,竟派李逵把朱仝负责看护的知府儿子杀死,朱仝不得不上山落草。

整个事件不仅对知府的一家造成了严重伤害,更给朱仝的内心造成了很深的阴影,让朱仝在道德的层面上无法安心。

所以,朱仝在案发后一直想杀死李逵,为小衙内报仇。无奈梁山贼多势众,朱仝报仇的想法无法实现,只能屈从于宋江。

情色江湖
——情色在《水浒》中的地位

一般人认为,《水浒》是本关于男人的书,因为不但书里全是打打杀杀的事情,而且一百单八将里只有三个女人。

无怪乎英译版的《水浒》书名被称为《一百零五个男人和三个女人的故事》。

在三个女人中,除了扈三娘是个漂亮的女人外,另外两个基本上都是女汉子。看看两个人的绰号就知道了:孙二娘被称为母夜叉,顾大嫂被叫作母大虫。

这也就更加深了人们对这部著作男性化的看法。

但事实上,《水浒》是一本写了很多关于女人的书,并且,里面含有相当大的情色成分。

第一,《水浒》中的女性数量之多,远远超过不熟悉这本书的人的预想。

虽然一百单八将中女性不多,但整部书中的女人却不少。像金翠莲、潘金莲、阎婆惜、潘巧云、李瑞兰、李师师等,这样的女配角在《水浒》中多达十余个,女性的密集程度并不输于其他作品。

第二，《水浒》中的女人都在故事中起着极其关键的作用。

比如，武松和潘金莲。

如果没有潘金莲与西门庆的奸情，就不会引出武松替兄报仇，直至最后落草的故事。

再比如宋江，如果宋江不包养二奶阎婆惜，就不会让宋江惹上人命官司，以至于发生后来革职充军和题写反诗的事情。

可见这些女人在整部故事中的分量。

如果说《水浒》中暴力和凶杀是纲，那么情色就是链，情色将暴力和凶杀连贯起来，贯穿了整部作品。

第三，《水浒》正常的男女关系不多，描写的绝大多数都是非正常的男女奸情。

《水浒》描写了很多男女奸情，这也是我说《水浒》是本情色小说的一个重要原因。

从古至今，偷情总是一个令人想入非非的话题。

《水浒》大约正是为了迎合和满足人们的这样一种心理，所写的男女关系基本上全是偷情。

潘金莲与西门庆是大家耳熟能详的偷情故事，讲的是一个美艳妇人嫁给了一个三分像人、七分像鬼的小贩，因为两人婚姻的不般配，导致潘金莲红杏出墙。

潘金莲的偷情故事已经很曲折了，潘巧云的故事则更加离奇。

讲的是一个二婚少妇与一个和尚通奸的故事。

无论是二婚少妇，还是出家人的情欲，都是有足够看点的。

虽然书中这些奸夫、淫妇最终都没有什么好下场，但与结果相比，偷情的过程似乎更是作者写作的重点。

例如，《水浒》中潘巧云与和尚裴如海的事情就是这样的。

作者先是写潘巧云与裴如海在法事上眉目传情，然后二人约定以还愿为名到寺中见面，见面后成就奸情。

两个人为了长久通奸，约定暗号晚间相会：只要潘巧云的丈夫杨雄夜间值班，就由潘巧云家的丫鬟迎儿在自家门口摆设香案为信号，裴如海再派出一个头陀胡道人前去打探消息，看到潘巧云家摆出香案后，由胡道人将其报知裴如海，裴如海则赴潘家夜宿。

对于偷情过程这样细致的交代与其说是文学处理细致入微，不如说是教唆别人如何破坏公序良俗。

第四，作者对情色的描写极尽能事。

施耐庵在《水浒》花了很大功夫描写色情或者说情色。

比如关于潘金莲和西门庆的奸情，作者是这样描写的：

且说西门庆自在房里，便斟酒来劝那妇人；却把袖子在桌上一拂，把那双箸拂落地下。也是缘法凑巧，那双箸正落在妇人脚边。西门庆连忙蹲身下去拾，只见那妇人尖尖的一双小脚儿正翘在箸边。西门庆且不拾箸，便去那妇人绣花鞋儿上捏一把。那妇人便笑将起来，说道："官人，休要罗唣！你有心，奴亦有意。你真个要勾搭我？"西门庆便跪下道："只是娘子作成小人！"那妇人便把西门庆搂将起来。当时两个就王婆房里，脱衣解带，共枕同欢。

类似的文字还有很多，无怪乎大家总说"少不读《水浒》"了。

第五，连最重要的关键性事件也仍然离不开色情。

投降是《水浒》当中最重要的关键性事件，而这么重要的事情仍然离不开情色。

为什么这么说呢？

大家知道，宋江一伙一直渴望招安，但是信息渠道被蔡京、童贯、高俅、杨戬所阻断，宋江等人为了解决自己与宋徽宗之间的信息不对称问题，决定通过徽宗皇帝的相好京城名妓李师师做渗透工作。

那么怎样做李师师的工作呢？

除了花钱买通外，还有一个重要的手段，就是实施美男计。

为了赢得李师师的好感，梁山派出了《水浒》第一帅哥燕青去接近李师师。

事情的发展正如宋江、吴用预料的那样，燕青的美貌，或者说是风流倜傥征服了李师师。

书中是这样写的：

原来这李师师是个风尘妓女，水性的人，见了燕青这表人物，能言快说，口舌利便，倒有心看上他。

数杯之后，李师师笑道："闻知哥哥好身纹绣，愿求一观如何？"燕青笑道："小人贱体，虽有些花绣，怎敢在娘子跟前揎衣裸体？"李师师说道："锦体社家子弟，那里去问揎衣裸体！"三回五次，定要讨看。燕青只得脱膊下来，李师师看了，十分大喜，把尖尖玉手，便摸他身上。燕青慌忙穿了衣裳。

因为燕青分寸把持得好，没有和李师师进一步发展关系，但是，梁山的美男计确实见了成效。

因为有了情色的这根链条，梁山"好汉"实现了由土匪到官军的华丽转身。

真是无处不在的情色呵！

吃了被告吃原告
——《水浒》中的司法腐败

按照英国著名历史学家汤因比的说法：外部侵略只是一个国家临死的时候给你的最后一击。

汤因比的说法或多或少带有些为强者辩护的色彩，但里面还是有许多合理内涵的。

北宋的灭亡在很大程度上并非在于金国的强大，而是因为自己内部已经出现了极其严重的问题。

就拿司法制度来说吧，众所周知，司法公正是保证一个社会公平与正义的最后一道防线。司法一旦出了问题，这个社会恐怕就维持不了多久了。

由于《水浒》中的主人公们大多曾经犯案并服刑，因此故事里涉及司法界的事情不少，里面揭示的司法腐败也着实令人触目惊心。

林冲在发配途中，押送他的监狱警察董超、薛霸收了陆虞候了十两金子，就可以在路上图谋杀掉林冲，真令人不寒而栗。

蒋门神为除掉武松，李固为除卢俊义也都收买解差，而这些解差一旦金银到手，个个都敢杀人枉法。

这是押解犯人路上的黑幕，到了劳城营里，猫腻更多。

宋江发配江州的时候，因为了解监狱里的潜规则，事先做了很好的准备工作。先送了十两银子给差拨，又送了二十两银子给管营，一百杀威棒就给免了。

而作为节级的戴宗因为没有得到宋江的贿赂，竟然公开向宋江索贿，简直没了王法。

你这黑矮杀才，倚仗谁的势，要不送常例钱来与我？

但在我看来，《水浒》中最心黑的并不是戴宗一伙江州的狱警，也不是押送林冲的解差，而是北京大名府的蔡氏兄弟。

下面我就来说说大名府里黑心的蔡氏兄弟。

蔡氏兄弟就是蔡福和蔡庆，是北京大名府押牢节级并兼充行刑刽子手。这两个人黑就黑在吃了原告吃被告，为人圆滑，处事心狠手辣。

当时，管家李固实名举报卢俊义私通梁山，卢被梁中书抓进北京大牢。李固为了尽快除掉卢员外，独占卢家的全部家产和卢妻贾氏，花钱收买狱警蔡福。

李固把蔡福请到茶楼里，对蔡福说：

小人的事都在节级肚里。今夜晚间只要光前绝后。无甚孝顺，五十两蒜条金在此，送与节级。

蔡福笑了，说：

你不见正厅戒石上刻着"下民易虐，上苍难欺？"你那瞒心昧己勾当，怕我不知！你又占了他家私，谋了他老婆，如今把五十两金子与我，结果了他性命。日后提刑官下马，我吃不得这等官司！

您看蔡福说得多好呀，满口的仁义道德。但接下来的事情就发生了逆转。

李固说:"只是节级嫌少,小人再添五十两。"

蔡福道:

李固主管,你割猫儿尾拌猫儿饭!北京有名恁地一个卢员外,只值得这一百两金子?你若要我倒地,不是我诈你,只把五百两金子与我!

蔡福所说的仁义道德只不过是讨价还价的筹码罢了。

李固接着说:"金子有在这里,便都送与节级,只要今夜完成此事。"

蔡福收了金子,藏在身边,起身道:"明日早来扛尸。"

蔡、李的交易达成。

李固拜谢,欢喜去了。

原告的事情告一段落了,但是被告方却找上门来了。

蔡福刚进家门,就见到了前来"拜访"的柴进。柴进没空手来,拿了一千两金子。

柴进的话说得很客气,但也很强硬,柴进说:

特来到宅告知:若是留得卢员外性命在世,佛眼相看,不忘大德;但有半米儿差错,兵临城下,将至濠边,无贤无愚,无老无幼,打破城池,尽皆斩首!

作为当时的狱警,受贿是一件他们经常干的事,蔡福多少年来一直应对自如。

但是柴进的一千两金子和这两句话的分量实在太重了。

里面既有利诱,又有威胁,事情你办也得办,不办也得办。

所以,蔡福听罢,吓得一身冷汗,半晌答应不得。

这时柴进也没有再说什么,因为利害关系刚才已经讲得明明白白了。

柴进起身说：

"好汉做事，休要踌躇，便请一决。"出门唤个从人，取出黄金，递与蔡福，唱个喏便走。

蔡福因为原告、被告的好处都收了，因此坐立不安。

蔡福没办法，只好找来兄弟蔡庆商量。

蔡庆比蔡福还黑，蔡庆对哥哥蔡福说：

常言道：杀人须见血，救人须救彻。既然有一千两金子在此，我和你替他上下使用。梁中书，张孔目，都是好利之徒，接了贿赂，必然周全卢俊义性命。葫芦提配将出去，救得救不得，自有他梁山泊好汉，俺们干的事便也完了。

什么意思呢？蔡庆的意思就是两边都不得罪，吃了被告吃原告。

在我蔡氏兄弟的手上，保全了卢俊义的性命，对梁山算是有了个交代。但也不彻底救出卢俊义，因为自己还拿着人家李固的好处呢，所以在不杀卢俊义的前提下，特地留出机会供李固谋害卢员外之用。

在蔡氏兄弟的运作下，大名府给卢俊义的结论是：

虽有原告，却无实迹，虽是在梁山泊住了许多时，这个是扶同诖误，难问真犯。

是说找不到卢俊义犯罪的事实，虽然在梁山上住了些日子，只是个错误，并不是土匪。

卢俊义因此被判四十脊杖，刺配三千里。

卢俊义的性命在大名府内得以保全，蔡氏兄弟可以向梁山交代了，但同时，也给李固下一步的行动预留了空间。

在充军发配的路上，李固又许下一百两金子来买通解差董超、薛霸，想在半路上结果卢俊义的性命，幸亏燕青暗中保护，卢员外才大难不死。

再后来，逃出的卢俊义被店家发现，并举报官府，卢员外被重新捉回大名府开刀问斩。

法场之上，行刑的还是蔡氏兄弟。

蔡福拿着法刀，蔡庆扶着枷梢对卢俊义说："卢员外，你自精细着。不是我兄弟两个救你不得，事做拙了。前面五圣堂里，我已安排下你的座位了，你可一魂去那里领受。"

蔡庆说得多好哇，卢员外，不是我们不救你，是我们把事做漏了，你可别怪我们呀！

蔡福正要开刀的时候，石秀跳楼劫法场，这时蔡氏兄弟是怎么做的呢？

蔡福、蔡庆撇了卢员外，扯了绳索先走。

蔡氏兄弟既不敢行刑杀死卢俊义，又不愿保护卢员外，自己先溜了算了。

等到石秀搭救不成，卢俊义重入大牢后，蔡氏兄弟对卢俊义酒肉招待，其首鼠两端的特点暴露无遗。

最后，水泊梁山攻进大名府，救出卢俊义后，卢俊义还得对蔡氏兄弟感恩戴德。

书上是这样写的：

卢俊义便请蔡福、蔡庆拜见宋江，言说："在下若非此二人，安得残生到此！"

我们在赞叹蔡氏兄弟手段高明的同时，更多的是对其为人的不齿。

鸽派与鹰派
——朝廷里两条路线的斗争

"文革"时期,人们常说宋江是投降派,晁盖、李逵是革命派,仿佛梁山之上真的存在两条路线的斗争。但事实上,梁山的情形根本没有这么复杂。

前面我们已经说过,绝大多数梁山"好汉"是向往招安的。

仅有武松、鲁智深对招安的事在思想上一时转不过弯来,后来宋江稍微做了做"思想工作"也就想通了。至于在招安开始时大提反对意见的李逵,我们大可不必当真,不过是跟着起起哄罢了。

其实真正存在两条路线斗争的不是梁山,而是朝廷。

朝廷里其实一直存在着两派:一派是以"四贼"为代表的主战派,我们姑且可以称之为鹰派;另一派就是以宿元景宿太尉为代表的主和派,也就是鸽派。鸽派和鹰派两大派别既相互斗争,又相互合作。无论是剿是抚,都是两派斗争和妥协的结果。两派之间的矛盾也成为《水浒》自始至终贯穿的一条暗线。

一、鸽派登场,鹰派掣肘

当宋江的梁山"公司"度过了小打小闹阶段,开始大肆向外扩张的

时候，他们的对手就不再是像慕容知府和高廉这样的地方武装了。

中央政府中虽然有所谓的"四贼"这样的势力强大的鹰派，但是鸽派也并非宿元景一人。

鸽派中第一个站出来的是御史大夫崔靖，崔靖是第一个明确提出用招安的办法解决梁山问题的人。

崔靖说：

臣闻梁山泊上立一面大旗，上书"替天行道"四字，此是曜民之术。民心既伏，不可加兵。即目辽兵犯境，各处军马遮掩不及，若要起兵征伐，深为不便。以臣愚意，此等山间亡命之徒，皆犯官刑，无路可避，遂乃啸聚山林，恣为不道。若降一封丹诏，光禄寺颁给御酒珍羞，差一员大臣，直到梁山泊好言抚谕，招安来降，假此以敌辽兵，公私两便。伏乞陛下圣鉴。

从我们今天的角度看，崔靖肯定是一个杰出的政治家，他利用招安土匪来抵御外敌的政策是处理梁山事务的上策。

但是，蔡京从中作梗，在招安使团中安插了张干办和李虞侯。在张干办和李虞侯的破坏下，第一次招安很快搁浅。

站在所谓"四贼"的角度我们也很好理解，政府军怎么可能轻易地向反政府武装妥协呢？

二、鸽派退后，鹰派出击

第一次招安未果后，引起宋徽宗的不满，将鸽派先驱崔靖交付大理寺问罪。

对崔靖的处理标志着鹰派主导地位的确立。

从这时开始，中央政府开始了声势浩大的剿匪行动，在此后的日子里，鹰派主导着对梁山问题的基本政策，其中包括：童贯两次进攻水泊、高俅三次攻打梁山。

虽然多次攻打梁山，官军都是损兵折将，但是鹰派始终坚持消灭梁山的初衷不改。

即使高俅被梁山捉住，仍不放弃自己的政治主张。

我们在同情梁山"好汉"的同时，也不得不敬佩鹰派对自己目标的坚守和执着。

三、鸽派翻身，鹰派制衡

随着水泊梁山不断打通人脉关系，宋江直接与徽宗皇帝建立起了顺畅的信息渠道，招安就成为事物发展的必然：土匪有归降的意愿，皇帝何乐而不为？

同时，梁山与鸽派代表人物宿元景的人脉关系也已建立，招安成为最为现实的选择。

在多方努力下，梁山之上一百零八位魔君摇身一变，成为国家命官。

从表面上看，似乎鸽派成为左右梁山事务的主导力量，但事实上，鹰派的势力仍然强大，在梁山事务中的作用丝毫未减。主战派和主和派的斗争也一天都没有停止过。

招安成功后，按照鹰派的主张，是要把梁山人马分割改编的，但是遭到宋江等人的强烈反对。

童贯向宋徽宗进言：

这厮们虽降朝廷，其心不改，终贻大患。以臣愚意，不若陛下传旨，赚入京城，将此一百八人尽数剿除，然后分散他的军马，以绝国家之患。

这时，宿元景提出了让梁山"好汉"征辽的设想。应该说宿元景的想法与鸽派先驱人物崔靖的思路别无二致，其中心就是希望土匪和外敌两败俱伤。

宋江等人欣然愿往，最后还取得了征辽的成功。

但是梁山成功平辽后，梁山遗留问题仍然没有得到根本解决，因为鹰派解除梁山武装的思路从来就没有改变过。

为了应对鹰派的苦苦进逼，梁山只好在鸽派的引导下，灭田虎，击王庆。事情发展的结果与鹰派的预期截然相反，梁山势力不但没有被削弱，反而在战争中得到不断壮大。

这对于鹰派来说更是一个极大的刺激。

直至打方腊后，梁山损兵折将，才稍稍达到鹰派的目的。

四、鹰派归来，终结梁山

梁山攻打方腊之后，实力大损，与之相伴的是鸽派的式微。

但最主要的问题还是梁山人马已经没有了利用价值。正所谓"狡兔死，走狗烹；飞鸟尽，良弓藏；敌国灭，谋臣亡"，彻底铲除梁山势力已经成为当时最主要的政治问题了。

在鹰派的力主下，梁山剩余兵马或被遣散，或被调至他处，水泊梁山从此名存实亡。

最后，为了彻底摧毁梁山，杨戬和高俅毒死了宋江和卢俊义。

这样，轰轰烈烈的梁山运动彻底烟消云散了。

写到这里，我们不禁要问，鸽派为什么斗不过鹰派？水泊梁山难道摆脱不了投降后被消灭的噩运吗？

其实，我们说，鹰派也好，鸽派也罢，都是为皇帝服务的，都是以帝王利益最大化为出发点和归宿的。因此，从总体上看，鹰派的思路更符合皇帝的思想，所以鹰派人数甚众，且官居要职。

而鸽派只不过是鹰派因达不到其预期目的，而派生出来的另一种为皇帝服务的表现形式罢了。

在"普天之下，莫非王土；率土之滨，莫非王臣"的思路下，解除反政府武装的威胁或潜在威胁是国家利益的必然体现。

鹰派的最后胜利是件不言而喻的事情。

那么，水泊梁山是否在投降之后可独善其身呢？

结合历史上的经验教训，在我看来，这里面大约是有两种方式可以尝试的：

第一，接受分割改编，全面融入禁军。

按照鹰派的要求，将部队调开，一百单八将隶属不同的军事单位，彻底实现军队的国家化。

第二，挟贼自重，确保自己成建制存在的基础。

不论是对辽作战，还是灭田虎、平王庆、打方腊，都不将对方彻底歼灭，实现战争的长期化和日常化，梁山通过在与敌人长期对垒中达到保存自己的目的。

没有农民的农民起义
——一部和农民起义无关的书

传统看法认为,《水浒》描写了以宋江为首的一群农民,在北宋的黑暗统治下,官逼民反,在水泊梁山树起"替天行道"的义旗,啸聚山林,对抗官府。宋江等人的行为因此是一场英勇的农民起义和农民运动。

可事实上,《水浒》可能是一本与农民起义毫不相干的书。

为什么这么说呢?

因为故事里既没有"农民",也没有所谓的"起义"。

要弄清水泊梁山里究竟有没有农民,我们首先需要对梁山"好汉"的阶级成分进行一下必要的划分:

梁山的第一任领导人王伦是个不第的秀才,按成分说至少也是个知识分子。

第二任领导人托塔天王晁盖是个大地主。

《水浒》中是这样介绍晁盖的:

原来那东溪村保正姓晁,名盖,祖上是本县本乡富户,平生仗义疏财,专爱结识天下好汉。

宋江、武松是地方政府的一个小职员。

宋江是押司,在县政府里当文员秘书;武松在阳谷县任都头,相当

于现在的刑警队长。

鲁达、林冲、杨志等人都是军官,并且,后来随着政府军的进剿,投降军人在梁山上的比重越来越大。索超、徐宁、董平、孙立、孙新、关胜、呼延灼等人都是旧军人出身。

除了官员和军官外,还有一批破产的商人,比如锦毛虎燕顺和拼命三郎石秀都是贩马的,小温侯吕方是倒卖药材的,这几个人因做生意赔了本,才当了强盗。

细究起来,梁山上真正的农民大约只有解珍、解宝两个人。

只有两个农民参加的运动能说是农民运动吗?并且,像解珍、解宝这样听起来相对正义的故事可以说在《水浒》中是很少的。

就拿《水浒》几个著名的人物来说吧:

晁盖、吴用等人智劫生辰纲的行为应该说毫无正义性可言。他们完全是为了不劳而获,得"一套富贵"而已,如果不是因为白胜贪赌,导致生辰纲一案东窗事发,那么所谓的八条好汉会拿着劫持的财宝逍遥法外,去过他们所追求的快乐生活。

林冲属于"官逼官反"。

宋江呢,并没有人逼他上山,是因为自己没有控制住情绪,杀死二奶阎婆惜。发配江州后,又胡写反诗,被蔡九知府以"涉嫌颠覆国家政权和危害国家安全"的罪名,判成死刑的。

武松的落草源于自身家庭矛盾,矛盾激化后,导致杀人犯罪,被发配孟州。

按道理讲,武松在孟州如果好好服刑,从牢城营出来以后也可以重新做人。但是武松却被牢城营管营施恩父子利用,卷入了施恩父子与张团练、张都监之间的利益之争，最后武松以杀死张都监一家十五口的方式，结束了自己在主流社会的生活，被迫落草。

鲁智深是为了讨好金翠莲而失手打死镇关西的；杨志因为渎职，不敢承担丢失生辰纲的责任而流落江湖……

一个既没有"农民"，也没有"义"字的运动能叫"农民起义"吗？

这是一个值得我们思考的问题。

那么《水浒》写的究竟是什么呢？

其实，《水浒》写的是一本关于黑社会的书，记述一群犯罪分子因为各自的原因，从身犯重案到亡命天涯，再到占山为王，最后招安投降，漂白人生的全过程，也是一个他们脱离主流社会和重回主流社会的艰辛经历。

梁山上的所谓农民起义领袖和农民起义军，实际上都是些无法在主流社会容身的违法犯罪分子，这些人啸聚山林的目的只是为了活命，对于这样的主人公们，我们还能指望他们上演出什么正能量的故事吗？

梁山割据的成因
——从《水浒》看社会动乱的根源

褒奖梁山"好汉"的,认为他们是英雄;贬低梁山"好汉"的,把他们当作贼寇。

褒也罢,贬也罢,社会动乱导致梁山的存在则是一个不争的事实。我们在这篇文章里将重点分析一下产生社会动乱的原因。

一、社会底层的上升渠道被堵,对社会稳定构成重大威胁

社会是由各个阶级或者说是阶层组成的,一个社会要想稳定,必须保证社会阶级或阶层的相对稳定,并且,在稳定的同时,还要保证底层阶级有向上流动的途径和空间。

梁山"好汉"们之所以铤而走险,很多人是因为自己向上流动的渠道受到封堵所致。

比如王伦,大家知道,他是个不第的秀才。"高考落榜"后,王伦不甘于自己的潦倒现状,但却苦于没有出路,因此试图通过占山为王实现自己的价值。

阮氏三雄，本来是水泊梁山附近的渔民，因为觉得打鱼的营生低贱，所以走上了黑道。

就像阮小七说的那样：

人生一世，草生一秋！我们只管打鱼营生，学得他们过一日也好！

"他们"指的是土匪，阮氏三雄觉得土匪们可以大碗喝酒，大块吃肉，这样的人生才痛快，才更有意义。

与之类似的还有拼命三郎石秀，石秀虽有一身武艺，但因为时运不济，不得不在蓟州卖柴为生，戴宗因此劝其入伙江湖。

戴宗当时是这样劝说石秀的：

流落在此卖柴，怎能够发迹？不若挺身江湖上去做个下半世快乐也好。

我们说，假设对于王伦、阮氏三雄和石秀这样沦落到社会底层的人士，能够有一个上升的渠道或空间，是不是在很大程度上能够避免他们误入黑道呢？

二、社会绝望阶层的存在，是导致社会混乱的重要因素

如果说一个社会底层阶级上的上升之路被堵，可以引发社会不稳，那么，社会绝望阶层的存在，则是引发社会动荡的直接导火索。

宋代，商品经济得了空前发展。

在商品经济大潮中，可以使人一夜暴富，也可以使人一夜之间一贫

如洗。

许多梁山好汉是因为经商失败,无法生存,沦为绝望阶层而被迫上山的。

我们先说锦毛虎燕顺吧,本来是山东莱州人氏,贩羊马客出身,因为消折了本钱,流落在绿林丛内打劫。

再说小温侯吕方,是潭州人,做药材生意,因为生意失败,不能还乡,便占住了对影山,打家劫舍。

还有梁山之上,大名鼎鼎的旱地忽律朱贵,也是商人出身,因为生意破产,就投奔了梁山落草。

宋代在从传统农业社会向商品经济社会转型过程中,由于缺乏必要的社会保障制度,造就出了一个社会绝望阶层,这些绝望阶层一遇风吹草动,便成为了社会动乱的主要力量。

三、"官逼官反"是众多"好汉"上山落草的重要原因

《水浒》中官逼民反的事情并不多见,官逼官反反而成为上山落草的主流。

就拿智劫生辰纲为例吧,晁盖、吴用等人劫了生辰纲,太师府让限期破案,十日之内不能捉住案犯,就要将济州府尹充军发配到沙门岛。

我们可以想象出来在大宋为官需要承担着多大的压力啊!

府尹为了破案,就将破案的重担硬压给了缉捕使臣何涛。

太师府说十天之内破不了案要将府尹发配沙门岛,府尹更狠,对何

涛说,你要是十天破不了案,害得我去沙门岛充军,我先把你发配了再说。

而且府尹说到做到,把文笔匠叫来,在何涛脸上刺下"迭配某某州"的字样,空着州名,等破不了案发配何涛时,再填写去处。

应该说对官吏实施严格管理是正确,但是如果严出了格,就会出问题。严格得出了情理,很容易把人逼上绝路。

就说何涛的事情吧,如果不是何涛的弟弟何清碰巧发现了案子的线索,何涛很可能会因此被充军发配,到那时,水泊梁山上可能又会多出一条名叫何涛的"好汉"。

北宋对官吏管理的严格程度我们还可以在宋江杀死婆惜逃亡的过程中发现。

宋江杀死二奶阎婆惜后,逃回乡下家中地窖躲藏,这个地窖是专门藏人用的。

书中是这样写的:

且说宋江他是个庄农之家,如何有这地窖子?原来故宋时,为官容易,做吏最难。为甚的为官容易?皆因只是那时朝廷奸臣当道,谗佞专权,非亲不用,非财不取。为甚做吏最难?那时做押司的但犯罪责,轻则刺配远恶军州,重则抄扎家产,结果了残生性命。以此预先安排下这般去处躲身。又恐连累父母,教爹娘告了忤逆,出了籍,各户另居,官给执凭公文存照,不相来往,却做家私在屋里。宋时多有这般算的。

可见宋代对官员纪律约束之严格。

到了后来,在梁山发展的鼎盛时期里,之所以有大批军官战败之后,死心塌地投降梁山,一个重要的原因就是朝廷的处罚太重。

将军们一旦战败,必须追究渎职责任;一旦与土匪有染,不管是主如洗。

许多梁山好汉是因为经商失败,无法生存,沦为绝望阶层而被迫上山的。

我们先说锦毛虎燕顺吧,本来是山东莱州人氏,贩羊马客出身,因为消折了本钱,流落在绿林丛内打劫。

再说小温侯吕方,是潭州人,做药材生意,因为生意失败,不能还乡,便占住了对影山,打家劫舍。

还有梁山之上,大名鼎鼎的旱地忽律朱贵,也是商人出身,因为生意破产,就投奔了梁山落草。

宋代在从传统农业社会向商品经济社会转型过程中,由于缺乏必要的社会保障制度,造就出了一个社会绝望阶层,这些绝望阶层一遇风吹草动,便成为了社会动乱的主要力量。

三、"官逼官反"是众多"好汉"上山落草的重要原因

《水浒》中官逼民反的事情并不多见,官逼官反反而成为上山落草的主流。

就拿智劫生辰纲为例吧,晁盖、吴用等人劫了生辰纲,太师府让限期破案,十日之内不能捉住案犯,就要将济州府尹充军发配到沙门岛。

我们可以想象出来在大宋为官需要承担着多大的压力啊!

府尹为了破案,就将破案的重担硬压给了缉捕使臣何涛。

太师府说十天之内破不了案要将府尹发配沙门岛,府尹更狠,对何

涛说,你要是十天破不了案,害得我去沙门岛充军,我先把你发配了再说。

而且府尹说到做到,把文笔匠叫来,在何涛脸上刺下"迭配某某州"的字样,空着州名,等破不了案发配何涛时,再填写去处。

应该说对官吏实施严格管理是正确,但是如果严出了格,就会出问题。严格得出了情理,很容易把人逼上绝路。

就说何涛的事情吧,如果不是何涛的弟弟何清碰巧发现了案子的线索,何涛很可能会因此被充军发配,到那时,水泊梁山上可能又会多出一条名叫何涛的"好汉"。

北宋对官吏管理的严格程度我们还可以在宋江杀死婆惜逃亡的过程中发现。

宋江杀死二奶阎婆惜后,逃回乡下家中地窖躲藏,这个地窖是专门藏人用的。

书中是这样写的:

且说宋江他是个庄农之家,如何有这地窖子?原来故宋时,为官容易,做吏最难。为甚的为官容易?皆因只是那时朝廷奸臣当道,谗佞专权,非亲不用,非财不取。为甚做吏最难?那时做押司的但犯罪责,轻则刺配远恶军州,重则抄扎家产,结果了残生性命。以此预先安排下这般去处躲身。又恐连累父母,教爹娘告了忤逆,出了籍,各户另居,官给执凭公文存照,不相来往,却做家私在屋里。宋时多有这般算的。

可见宋代对官员纪律约束之严格。

到了后来,在梁山发展的鼎盛时期里,之所以有大批军官战败之后,死心塌地投降梁山,一个重要的原因就是朝廷的处罚太重。

将军们一旦战败,必须追究渎职责任;一旦与土匪有染,不管是主动结交还是被胁迫为匪，官府会一概以通匪罪论处，连一个反正的机会都不给。

严酷的管理机制，形成了"官逼官反"的尴尬局面。

四、司法体系的腐败

不管是封建社会，还是现代社会，出现些违法犯罪的事情是件再正常不过的事了。

但问题是，出现了犯罪行为应该怎样对待：

首先，应该对罪犯加以制裁，达到以儆效尤的目的。更为重要的是应该对罪犯进行必要的改造，从思想根源防止犯罪的发生。

但是在《水浒》的那个年代里，对罪犯的惩罚有余，改造不足，加之司法体系腐败，其结果往往是在惩罚犯罪的同时，又滋生了新的犯罪。

林冲、宋江、武松的发配过程中看，罪犯发配后，不问青红皂白，都要先打上一百杀威棒再说。

一百杀威棒是足够严酷的，一顿棍棒下来，非死即残。

但正是因为惩罚严酷，却往往实行不了。只要罪犯肯向狱警行贿，这些惩罚都可以全免。

林冲因为有柴进的保护，不但未受责罚，而且还在劳城营里谋了个好差事。宋江因为有戴宗照顾，加之花钱上下打点，把坐牢变成了休假，没事可以喝酒、吟诗、会朋友。如果当时宋江规规矩矩地在江州接受"劳动改造"，也不至于发生后来浔阳楼题反诗的事情。

而武松的经历更具有代表性。孟州牢城管营施恩厚待武松，其目的就是为了让武松帮助其夺回快活林酒店。换句话说，就是让武松充当打手，去进行新的刑事犯罪。

所以在这样的司法制度下，不但没有实现改造罪犯，最终消灭犯罪的目的，反而成为滋生新的犯罪的温床。

很多梁山"好汉"是在经历了牢狱之灾后，最终走上了更为严重的犯罪道路的。

图书在版编目（CIP）数据

水浒的真相 / 孙孟强著. —北京：华夏出版社，2014.10
ISBN 978-7-5080-8237-0

Ⅰ．①水… Ⅱ．①孙… Ⅲ．①《水浒》研究 Ⅳ．①I207.412

中国版本图书馆 CIP 数据核字（2014）第 233184 号

水浒的真相

作　　者	孙孟强
责任编辑	杜晓宇

出版发行	华夏出版社
经　　销	新华书店
印　　刷	三河市兴达印务有限公司
装　　订	三河市兴达印务有限公司
版　　次	2014 年 10 月北京第 1 版 2015 年 1 月北京第 1 次印刷
开　　本	670×970　1/16 开
印　　张	16
字　　数	183 千字
定　　价	28.00 元

华夏出版社 地址：北京市东直门外香河园北里 4 号　邮编：100028
网址：www.hxph.com.cn　电话：（010）64663331（转）
若发现本版图书有印装质量问题，请与我社营销中心联系调换。